大学计算机基础与应用系列立体化教材

数据库技术与应用习题与实验指导

主　编　杨小平　尤晓东
编著者　战　疆　李亚平　胡　鹤

中国人民大学出版社
·北京·

内容简介

　　本书是《数据库技术与应用》配套的习题与实验指导，包括数据库技术与应用习题，实验指导，习题参考答案和综合试卷等内容。

　　本书适合各级各类学校"数据库技术与应用"类课程的教学与自学使用，更多教学资源参见配套教学辅助网站：http://ruc.com.cn。

总 序

随着计算机与互联网应用的普及、信息技术的发展及中小学对信息技术基础课程的普遍开设，针对大学计算机基础与应用教育的方向和重点，我们认为应该研究新的教育与教学模式，使得计算机基础与应用课程摆脱传统的课堂上课＋课后上机这种简单、低效的教学方式，逐步转向以实践性教学和互动式教学为手段，利用现代化的计算机实现辅助教学、管理与考核，同时提供包括教材、教辅、教案、习题、实验、网络资源在内的丰富的立体化教学资源和实时或在线答疑系统，使得学生乐于学习、易于学习、学有成效、学有所用，同时减轻教师备课、授课、布置作业与考核、阅卷的工作量，提高教学效率。这是我们建设这套"大学计算机基础与应用系列立体化教材"的初衷。

根据大学非计算机专业学生的社会需求和教育部对计算机基础与应用教育的指导意见，中国人民大学从2005年开始对计算机公共课进行大规模改革，包括增设课程、改革教学方式和考核方式、进行教材建设等多个方面的内容。在最新的《中国人民大学本科生计算机教学指导纲要（2008年版）》中，将与计算机教育有关的内容分为三个层次。第一层次为"计算机应用基础"课程，第二层次为"计算机应用类"课程（包含约10门课程），第三层次纳入专业基础课或专业课教学范畴，形成1＋X＋Y的计算机基础与应用教育格局。其中，第一层次的"计算机应用基础"课程和第二层次的"计算机应用类"课程，作为分类分层教学中的核心课程，走在教学改革的前列，同时结合中国人民大学计算机教学改革中开展的其他项目，已经形成了教材（部分课程）、教案、教学网站、教学系统、作业系统、考试系统、答疑系统等多层次、立体化的教学资源。同时，部分项目获得了学校、北京市、全国各级教学成果奖励和立项。

为了巩固我们的计算机基础与应用教学改革成果并使其进一步深化，我们认为有必要系统地建立一套更合理的教材，同时将前述各项立体化、多层次的教学资源整合到一起。为此，我们组织中国人民大学、中央财经大学、天津财经大学、河北大学、东华大学、华北电力大学等多所院校中从事计算机基础与应用课程教学的一线骨干教师，共同建设"大学计算机基础与应用系列立体化教材"项目。

本项目对中国人民大学及合作院校的计算机公共课教学改革和课程建设起着非常关键的作用，得到了各校领导和相关部门的大力支持。该项目将在原来的应用教学的基础上，更进一步地加强实践性教学、实验和考核环节，让学生真正地做到学以致用，与信息技术的发展同步成长。

本系列教材覆盖了"计算机应用基础"（第一层次）和"计算机应用类"（第二层次）的十余门课程，包括：

- 大学计算机应用基础

- Internet 应用教程
- 多媒体技术与应用
- 网站设计与开发
- 数据库技术与应用
- 管理信息系统
- Excel 在经济管理中的应用
- 统计数据分析基础教程
- 信息检索与应用
- C 程序设计教程
- 电子商务基础与应用

每门课程均编写了教材和配套的习题与实验指导。

随着信息化技术的发展，许多新的应用不断涌现，同时数字化的网络教学手段也在发展和成熟。我们将为此项目全面、系统地构建立体化的课程与教学资源体系，以方便学生学习、教师备课、师生交流。具体措施如下：

- 教材建设：在教材中减少纯概念性理论的内容，加强案例和实验指导的分量；增加关于最新的信息技术应用的内容并将其系统化，增加互联网和多媒体应用方面的内容；密切跟踪和反映信息技术的新应用，使学生学到的知识马上就可以使用，充分体现"应用"的特点。

- 教辅建设：针对教材内容，精心编制习题与实验指导。每门课程均安排大量针对性很强的实验，充分体现课程的实践性特点。

- 教学视频：针对主要教学要点，我们将逐步录制教学操作视频，使得学生的学习和复习更为方便。

- 电子教案：我们为教师提供电子教案，针对不同专业和不同的课时安排提出合理化的教学备课建议。

- 教学网站：纸质课本容量有限，更多更全面的教学内容可以从我们的教学网站上查阅。同时，新的知识、技巧和经验不断涌现，我们亦将它们及时地更新到教学网站上。

- 教学辅助系统：针对采用本教材的院校，我们开发了教学辅助系统。通过该系统，可以完成课程的教学、作业、实验、测试、答疑、考试等工作，极大地减轻教师的工作量，方便学生的学习和测试，同时网络的交流环境使师生交流答疑更为便利。（对本教学辅助系统有兴趣的院校，可联系 yxd@yxd.cn 了解详情。）

- 自学自测系统：针对个人读者，可以通过我们提供的自学自测系统来了解自己学习的情况，调整学习进度和重点。

- 在线交流与答疑系统：及时为学生答疑解惑，全方位地为学生（读者）服务。

相信本套教材和教学管理系统不仅对参与编写的院校的计算机基础与应用教学改革起到促进作用，而且对全国其他高校的计算机教学工作也具有参考和借鉴意义。

杨小平

2011 年 6 月

前 言

　　数据库系统是现代计算机系统的一个重要组成部分，现代管理信息系统几乎都是以数据库为核心的。数据库系统可以有效存储、处理和管理各类信息，在信息技术和互联网应用迅猛发展和普及的今天，数据库技术发挥着日益重要的作用，有着越来越广泛的应用。

　　根据教育部高等教育司组织制订的《高等学校文科类专业大学计算机教学基本要求》（以下简称《基本要求》），"数据库技术与应用"课程的教学目标，是希望通过小型数据库应用系统的开发实例，介绍数据库系统的基本概念、基本原理和基本技术；讲授关系数据库标准语言 SQL、关系数据库设计方法和过程，使学生掌握数据库开发技术和数据库应用系统的开发过程；在数据库基本理论的基础上，讲授数据恢复技术、并发控制技术及数据库安全性和完整性控制，使学生初步了解对数据库系统的维护方法；介绍数据库技术的研究动态，使学生简单了解目前数据库发展的前沿技术。

　　我们以中国人民大学出版社出版的"大学计算机基础与应用系列立体化教材"中的《数据库技术与应用》为主教材，配套编写了这本习题与实验指导教程。

　　本书主要包括习题和实验指导两大部分。在习题部分中，围绕教材中的相关知识点，从实用出发，设计了大量的习题和思考题，覆盖了教材相关章节的主要知识点，同时也是实际应用中经常遇到的问题。在实验指导部分，根据数据库技术与应用学习过程中遇到的实际问题和最常用技术，设计了 13 个实验，不少实验中还包含若干个子任务，每个实验包含了实验目的、实验要求、实验步骤、实验要点等项。

　　"数据库技术与应用"是一门应用性和实践性很强的课程，建议在教学时加强实践教学的环节，每项应用应至少布置一次综合性较强的实验，提高学生的实际动手能力。

　　教学方式上，如有条件应尽量在多媒体机房进行互动式教学，边学边练，既提高学习效率，又能迅速巩固教学成果。同时，教师应经常关注数据库理论与技术应用的最新发展动态，并在课程中及时传授给学生。

　　在实际教学过程中，除了教材以外，我们还逐步建立了教辅、教学视频、电子教案、教学网站、教学辅助系统、自学自测系统、在线交流与答疑系统等立体化的教学资源，全面覆盖教师备课、授课、考核和学生学习及师生交流等各个环节。其中，利用我们自 2006 年起自主开发的教学辅助系统，可以完成课程的教学、作业、实验、测试、答疑、考试等工作，极大地减轻了教师的工作量，方便了学生的学习和测试，同时网络的交流环境使师生交流答疑更为便利。（对本教学辅助系统有兴趣的院校，可通过邮箱 yxd@yxd.cn 联系作者了解详情。）

　　本书由中国人民大学信息学院一线主讲教师参与编写，主编杨小平、尤晓东，作者包括战疆、李亚平、胡鹤、周小明等。由于作者水平所限，疏误之处望读者批评指正。

作者

2011 年 9 月

目 录 CONTENTS

第 1 部分

数据库技术与应用习题

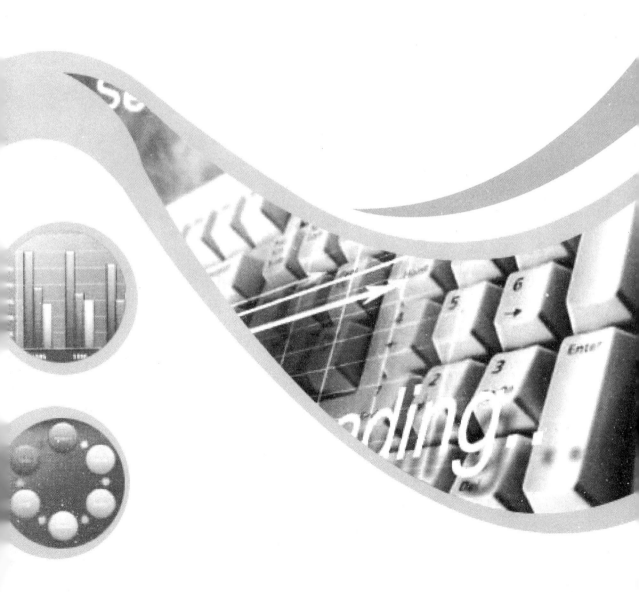

第 1 章

数据库系统基础知识

一、选择题

1. SQL Server 数据库采用的数据模型是_____。

A. 网状模型   B. 关系模型   C. 层次模型   D. 表格模型

2. SQL Server 数据库软件是一个_____。

A. 数据库   B. 数据库管理系统

C. 应用程序   D. 表

3. 数据库管理系统常见的数据模型有_____等 3 种。

A. 网状、关系和语义   B. 层次、关系和网状

C. 环状、层次和关系   D. 环状、链状和层次

4. 数据库与文件系统的根本区别在于_____。

A. 提高了系统效率   B. 方便了用户使用

C. 数据的结构化   D. 节省了存储空间

5. 数据库（DB）、数据库系统（DBS）和数据库管理系统（DBMS）之间的关系是_____。

A. DBS 包括 DB 和 DBMS   B. DBMS 包括 DB 和 DBS

C. DB 包括 DBS 和 DBMS   D. DBS 就是 DB，也就是 DBMS

6. 下列四项中，不属于数据库系统特点的是_____。

A. 数据共享   B. 数据完整性

C. 数据冗余度高   D. 数据独立性高

7. 数据库系统是采用了数据库技术的计算机系统，数据库系统由数据库、数据库管理系统、应用系统、_____和用户组成。

A. 系统分析员   B. 程序员

C. 数据库管理员   D. 操作员

8. 下面列出的数据库管理技术发展的三个阶段中，没有专门的软件对数据进行管理的是_____。

Ⅰ．人工管理阶段　Ⅱ．文件系统阶段　Ⅲ．数据库阶段

A. Ⅰ和Ⅱ　　　　　　B. 只有Ⅱ　　　　C. Ⅱ和Ⅲ　　　　　　D. 只有Ⅰ

9. MS SQL Server 是_____。

A. 数据库　　　　　　　　　　　　B. 数据库系统

C. 数据处理系统　　　　　　　　　D. 数据库管理系统

10. 下列四项中说法不正确的是_____。

A. 数据库减少了数据冗余

B. 数据库中的数据可以共享

C. 数据库避免了一切数据的重复

D. 数据库具有较高的数据独立性

11. 概念模型是现实世界的第一层抽象，这一类模型中最著名的模型是_____。

A. 层次模型　　　　　　　　　　　B. 关系模型

C. 网状模型　　　　　　　　　　　D. 实体—关系模型

12. 下述_____不是 DBA 数据库管理员的职责。

A. 完整性约束说明　　　　　　　　B. 定义数据库模式

C. 数据库安全　　　　　　　　　　D. 数据库管理系统设计

13. 用户或应用程序看到的那部分局部逻辑结构和特征的描述是_____。

A. 模式　　　　　　B. 子模式　　　　　C. 物理模式　　　　D. 内模式

14. 要保证数据库的逻辑数据独立性，需要修改的是_____。

A. 模式与外模式之间的映射　　　　B. 模式与内模式之间的映射

C. 模式　　　　　　　　　　　　　D. 三级模式

15. 数据库系统的数据独立性体现在_____。

A. 不会因为数据的变化而影响到应用程序

B. 不会因为数据存储结构与数据逻辑结构的变化而影响应用程序

C. 不会因为存储策略的变化而影响存储结构

D. 不会因为某些存储结构的变化而影响其他的存储结构

16. 区分不同实体的依据是_____。

A. 名称　　　　　　B. 属性　　　　　　C. 对象　　　　　　D. 概念

17. 公司中有多个部门和多名职员，每个职员只能属于一个部门，一个部门可以有多名职员，从部门到职员的联系类型是_____。

A. 多对多　　　　　　B. 一对一　　　　　C. 多对一　　　　　D. 一对多

18. _____是被长期存放在计算机内的、有组织的、统一管理的相关数据的集合。

A. DATA　　　　　　　　　　　　B. INFORMATION

C. DB　　　　　　　　　　　　　D. DBS

二、简答题

1. 简述数据库管理系统的主要功能。

2. 简述数据库系统的特点。

3. 试述概念模型的作用。

4. 试述数据模型的 3 个构成要素。

5. 什么是数据的逻辑独立性？

6. 什么是数据的物理独立性？

第 2 章

关系数据库系统

一、选择题

1. 在数据库设计中用关系模型来表示实体和实体间的联系。关系模型的结构是_____。

A. 层次结构 　　　　B. 二维表结构 　　　　C. 网络结构 　　　　D. 封装结构

2. 在关系数据库的一张表中，能够唯一确定一个记录的字段或字段组合叫做_____。

A. 索引码 　　　　B. 关键字 　　　　C. 域 　　　　D. 排序码

3. 一个关系只有一个_____。

A. 候选码 　　　　B. 外码 　　　　C. 超码 　　　　D. 主码

4. 现有如下关系：

患者（患者编号，患者姓名，性别，出生日期，所在单位），

医疗（患者编号，医生编号，医生姓名，诊断日期，诊断结果），

其中，医疗关系中的外码是_____。

A. 患者编号 　　　　　　　　　　B. 患者姓名

C. 患者编号和患者姓名 　　　　　　D. 医生编号和患者编号

5. 关系数据库管理系统应能实现的专门关系运算包括_____。

A. 排序、索引、统计 　　　　　　　B. 选择、投影、连接

C. 关联、更新、排序 　　　　　　　D. 显示、打印、制表

6. 关系代数中的连接操作是由_____操作组合而成的。

A. 选择和投影 　　　　　　　　　　B. 选择和笛卡儿积

C. 投影、选择、笛卡儿积 　　　　　　D. 投影和笛卡儿积

7. 下面的选项不是关系数据库基本特征的是_____。

A. 不同的列应有不同的数据类型 　　B. 不同的列应有不同的列名

C. 与行的次序无关 　　　　　　　　D. 与列的次序无关

8. 关系模型中，一个码是_____。

A. 可以由多个任意属性组成

B. 至多由一个属性组成

C. 由一个或多个属性组成，其值能够唯一标识关系中的一个元组

D. 以上都不是

9. 关系数据库中的投影操作是指从关系中_____。

A. 抽出特定记录　　　　　　　　　B. 抽出特定字段

C. 建立相应的影像　　　　　　　　D. 建立相应的图形

10. 从一个数据库表中取出满足某个条件的所有记录形成一个新的数据库表的操作是_____操作。

A. 投影　　　　　B. 连接　　　　　C. 选择　　　　　D. 复制

11. 当两个子查询的结果_____时，可以执行并、交、差操作。

A. 结构完全不一致　　　　　　　　B. 结构完全一致

C. 结构部分一致　　　　　　　　　D. 主键一致

12. 如果在一个关系中，存在某个属性（或属性组），虽然不是该关系的主码或只是主码的一部分，但却是另一个关系的主码时，称该属性（或属性组）为这个关系的_____。

A. 候选码　　　　B. 主码　　　　　C. 外码　　　　　D. 连接码

13. 以下关于外键和相应的主键之间的关系，正确的是_____。

A. 外键一定要与相应的主键同名

B. 外键并不一定要与相应的主键同名

C. 外键一定要与相应的主键同名而且唯一

D. 外键一定要与相应的主键同名，但并不一定唯一

14. 以下关于主键的描述正确的是_____。

A. 创建唯一的索引，允许空值　　　B. 只允许以表中第一字段建立

C. 标识表中唯一的实体　　　　　　D. 表中允许有多个主键

15. 一般情况下，当对关系 R 和 S 进行自然连接时，要求 R 和 S 含有一个或者多个共有的_____。

A. 记录　　　　　B. 行　　　　　　C. 属性　　　　　D. 元组

16. 下面的选项不是关系数据库基本特征的是_____。

A. 不同的列应有不同的数据类型　　B. 不同的列应有不同的列名

C. 与行的次序无关　　　　　　　　D. 与列的次序无关

二、简答题

1. 简述数据完整性的类型。

2. 简述数据库中空值的含义。

3. 简述主键的作用。

4. 什么是实体完整性？

5. 什么是参照完整性？试举例说明。

6. 概念解释："码"。

第 3 章

SQL Server 数据库应用基础

一、选择题

1. 如果启动服务管理器的服务，下列哪种方式无法完成？ _____

A. 命令方式　　　　　　　　　　B. 服务管理器

C. 企业管理器　　　　　　　　　D. 客户端网络使用工具

2. 以下哪项不是企业管理器的功能？ _____

A. 配置系统环境　　　　　　　　B. 测试 SQL 语句、批处理

C. 备份和恢复数据库　　　　　　D. 账户管理

3. 以下不是查询分析器的功能的是_____。

A. 编写、编辑和执行 SQL 语句　　B. 检查编写代码的语法

C. 快速创建数据库对象　　　　　D. 导入导出数据

4. 以下说法不正确的是_____。

A. 一个数据库中只允许有一个主数据文件

B. 一个数据库中可以有多个文件组

C. 同一个文件组中的文件可以是多个不同位置的文件

D. 如果数据文件不指定组，就可以不属于任何文件组

5. 关于 SQL Server 数据库，以下哪项在建数据库中不是必需的？ _____

A. 主数据文件　　　B. 次数据文件　　　C. 文件组　　　　　D. 日志文件

6. 通常 SQL Server 2000 安装后，会包含 6 个数据库，以下哪个不是系统数据库？ _____

A. pubs　　　　　B. master　　　　　C. msdb　　　　　D. tempdb

7. SQL Server 2000 数据库的所有系统信息都记录在_____。

A. 存储过程　　　　　　　　　　B. master 数据库中

C. 用户数据库中　　　　　　　　D. msdb

8. 所有系统存储过程存放在_____。

A. 存储过程　　　　　　　　　　B. master 数据库中

C. 用户数据库中　　　　　　　　D. msdb

9. SQL Server 2000 不能安装在哪个操作系统中？_____

A. Windows 2000　　　　　　　　B. UNIX

C. Windows XP　　　　　　　　　D. Windows Vista

10. SQL Server 是使用文件来存放数据库的，下列哪些文件不是 SQL Server 的数据库文件？_____

A. 主数据文件　　　　　　　　　B. sql 文件

C. 辅助数据文件　　　　　　　　D. 日志文件

11. 关于 SQL Server 2000 的数据库文件和文件组，下列哪些说法不正确？_____

A. 一个文件和文件组，只能被一个数据库使用

B. 日志文件属于文件组

C. 一个文件，只能属于一个文件组

D. 数据文件可以包含多个，日志文件也可以包含多个

12. 数据库中，数据在逻辑上被组织为一系列对象，下列哪组中包含非数据库中的对象？_____

A. 表、视图　　　　　　　　　　B. 存储过程、触发器

C. 用户、缺省值　　　　　　　　D. 函数、文件

13. 删除数据库时，下列哪种说法正确？_____

A. 物理文件删除，逻辑文件保留　　B. 物理文件保留，逻辑文件删除

C. 物理文件和逻辑文件同时删除　　D. 磁盘文件保留，逻辑文件删除

二、填空题

1. SQL Server 数据库文件，主数据文件的扩展名为_____，次要数据文件的扩展名为_____，日志文件的扩展名为_____。

2. 在 master 数据库中，系统存储过程名以_____开头，系统表名以_____开头。

3. 文件组分为主文件组和次文件组，主文件组包括主数据文件和_____文件。

4. 数据库文件，有_____和_____两个名称。

5. 建立数据库后，_____自动成为该数据库的 dbo。

三、判断题

1. SQL Server 数据库文件，一定使用扩展名。（　　）

A. 是　　　　　　　　　　　　　B. 否

2. SQL Server 数据库文件，只有一个主数据文件。（　　）

A. 是　　　　　　　　　　　　　B. 否

3. SQL Server 数据库文件，只能有一个日志文件。（　　）

A. 是　　　　　　　　　　　　　B. 否

4. SQL Server 数据库文件，可以包含多个数据文件。（　　）

A. 是　　　　　　　　　　　　　B. 否

5. 索引是数据库的对象。（　　　）

A. 是　　　　　　　　　　B. 否

6. 安装 SQL Server 时，使用本地系统账户，不需要设密码。（　　　）

A. 是　　　　　　　　　　B. 否

7. 每次启动 SQL Server 时，tempdb 里面总是空的。（　　　）

A. 是　　　　　　　　　　B. 否

四、简答题

1. 如何以文件自动增长方式建立数据库?

2. 简述哪种情况下，数据库不能被删除。

五、操作题

1. 创建数据库，在 E 盘 sql_data 路径下建立数据库，具体要求如下：

数据库名称：db_1

主数据文件逻辑名称：data_1

物理文件名称：E:\sql_data\db_1.mdf

初始大小：1M，最大尺寸：无限大，增长速度：10%

日志文件逻辑名称：log_1

物理文件名称：E:\sql_data\db_1.ldf

初始大小：1M，最大尺寸：5M，增长速度：1M

2. 修改以上数据库。

1）增加一个次要数据文件;

次要数据文件逻辑名称：data_2

物理文件名称：E:\sql_data\db_2.ndf

初始大小：1M，最大尺寸：10M，增长速度：10%

2）修改以上次要数据文件，初始大小改为 5M;

3）删除以上次要数据文件。

第 4 章

关系数据库标准语言 SQL

一、选择题

1. SQL 语言是_____的语言，容易学习。

A. 过程化　　　　　 B. 非过程化　　　　 C. 格式化　　　　 D. 导航式

2. 创建表的时候，下列哪项不能确定？_____

A. 元组的值　　　 B. 列属性　　　　 C. 表名称　　　　 D. 约束条件

3. SQL 语言集数据查询、数据操纵、数据定义和数据控制功能于一体，其中，CREATE、DROP、ALTER 语句实现了哪种功能？_____

A. 数据查询　　　 B. 数据操纵　　　 C. 数据定义　　　 D. 数据控制

4. 修改表定义时，即使用 alter table 时，下列哪项不能直接修改？_____

A. 增加列属性　　　　　　　　　 B. 删除列属性

C. 增加约束条件　　　　　　　　 D. 修改表名称

5. 下列哪种数据类型，所占空间最小？_____

A. int　　　　　 B. smallint　　　 C. tinyint　　　 D. real

6. 下列 SQL 语句中，_____不是数据定义语句。

A. CREATE　　　　　　　　　　 B. DROP

C. ALTER TABLE　　　　　　　　 D. UPDATE

7. 插入数据时，使用哪个语句？_____

A. INSERT　　　 B. UPDATE　　　 C. APPEND　　　 D. ADD

8. 要删除数据库中已经存在的表 A，可用_____。

A. DELETE TABLE A　　　　　　 B. DELETE A

C. DROP TABLE A　　　　　　　 D. DROP A

9. 下列哪种方式，可以创建用户自定义数据类型？_____

A. sp _ addlog　 B. sp _ addtype　 C. sp _ adduser　 D. sp _ rename

10. 若要在基本表 Student 中增加一列 class CHAR（8），可用＿＿＿＿。

A. ADD TABLE Student（class CHAR（8））

B. ADD TABLE Student ALTER COLUMN class CHAR（8）

C. ALTER TABLE Student ADD class CHAR（8）

D. ALTER TABLE Student（ADD class CHAR（8））

11. 学生表 Student（Sno，Sname，Sex，Age）。要删除一个属性 age，可使用的 SQL 语句是＿＿＿＿。

A. DELETE Age from Student

B. ALTER TABLE Student DROP COLUMN Age

C. UPDATE Student delete Age

D. ALTER TABLE Student delete Age

12. 关于 delete 语句说法正确的是＿＿＿＿。

A. 可以删除表中一条或多条记录　　　B. 可以删除整张表

C. 可以删除数据库　　　　　　　　　D. 不可以删除表中全部记录

13. 关于 alter 和 update 说法正确的是＿＿＿＿。

A. alter 和 update 语句都可以修改表结构

B. update 可以修改表结构

C. alter 语句可以修改多条记录

D. update 语句可以修改多条记录

14. 有关系 S（Sno，Sname，Sage），C（Cno，Cname），SC（Sno，Cno，GRADE）。其中 Sno 是学生号，Sname 是学生姓名，Sage 是学生年龄，Cno 是课程号，Cname 是课程名称。要查询选修"数据库"课的全体学生姓名的 SQL 语句是 SELECT Sname FROM S，C，SC WHERE 子句。这里的 WHERE 子句的内容是＿＿＿＿。

A. S. Sno＝SC. Sno And C. Cno＝SC. Cno And Cname＝'数据库'

B. S. Sno＝SC. Sno And C. Cno＝SC. Cno And Cname in'数据库'

C. Cname in '数据库'

D. Cname＝'数据库'

15. 查询语句说法不正确的是＿＿＿＿。

A. select 可以查询表也可以查询视图

B. 不可以把两个查询结果作并集连接

C. select 可以查询多张表

D. select 语句可以包含算术表达式，进行计算

16. 在模糊查询（即 like）中，用来替代任意一个字符的通配符＿＿＿＿。

A. *　　　　　　　　B. %　　　　　　　　C. #　　　　　　　　D. _

17. 设关系数据库中一个表 S 的结构为 S（SN，CN，grade），其中 SN 为学号，CN 为课程名，二者均为字符型；grade 为成绩，数值型，取值范围 0～100。若要把"08001 的数据库成绩 80 分"插入 S 中，则可用＿＿＿＿。

A. ADD INTO S VALUES（'08001'，'数据库'，'80'）

B.　INSERT INTO S VALUES（'08001'，'数据库'，'80'）

C.　ADD INTO S VALUES（'08001'，'数据库'，80）

D.　INSERT INTO S VALUES（'08001'，'数据库'，80）

18.　Select 语句中，使用以下哪个关键字，可使结果没有重复行？＿＿＿＿

A.　top　　　　　　　B.　constraint　　　　C.　union　　　　　D.　distinct

19.　S（SN，CN，grade）中 SN 为学号，CN 为课程名，二者均为字符型，grade 为成绩。查询有两门课程不及格的学生学号的方法是＿＿＿＿。

A.　SELECT SN

　　FROM

　　　SGROUP BY SN

　　HAVING COUNT（＊）＝2

B.　SELECT SN

　　FROM S

　　WHERE GRADE＜60

　　GROUP BY SN

　　HAVING COUNT（＊）＝2

C.　SELECT SN

　　FROM S

　　GROUP BY SN

　　HAVING COUNT（＊）＝2

　　ORDER BY GRADE DESC

D.　SELECT SN

　　FROM S

　　WHERE GRADE＜60

　　ORDER BY GRADE DESC

20.　设关系数据库中一个表 S 的结构为：S（SN，CN，grade），其中 SN 为学号，CN 为课程名，二者均为字符型；grade 为成绩，数值型，取值范围 0～100。若要更正 08001 的数据库成绩为 85 分，则可用＿＿＿＿。

A.　UPDATE S SET grade＝85 WHERE SN＝'08001'AND CN＝'数据库'

B.　UPDATE S SET grade＝'85'WHERE SN＝'08001'，CN＝'数据库'

C.　UPDATE grade＝85 WHERE SN＝'08001'，CN＝'数据库'

D.　UPDATE grade＝'85'WHERE SN＝'08001'AND CN＝'数据库'

21.　在 SQL 语言中，子查询是＿＿＿＿。

A.　返回单表中数据子集的查询语言

B.　选取多表中字段子集的查询语句

C.　选取单表中字段子集的查询语句

D.　嵌入到另一个查询语句之中的查询语句

22.　有关系 S（SN，SNAME，SEX），C（CN，CNAME），SC（SN，CN，GR-ADE）。

其中 SN 是学生号，SNAME 是学生姓名，SEX 是性别，CN 是课程号，CNAME 是课程名称。要查询选修"数据库"课的全体男生姓名的 SQL 语句是 SELECT SNAME FROM S,C, SC WHERE 子句。这里的 WHERE 子句的内容是_____。

    A. S. SN＝SC. SN And C. CN＝SC. CN And SEX='男'And CNAME='数据库'

    B. S. SN＝SC. SN And C. CN＝SC. CN And SEX in'男'And CNAME in'数据库'

    C. SEX in '男'And CNAME in ' 数据库'

    D. S. SEX＝'男'And CNAME＝' 数据库'

23. 若用如下的 SQL 语句创建了一个表 SC：

CREATE TABLE SC

(SN CHAR（6）NOT NULL，

CN CHAR（3）NOT NULL，

GRADE INT，

NOTE CHAR（20））；

向 SC 表插入如下行时，_____ 行可以被插入。

    A. ('2009201', '111', 78, 必修)

    B. ('2009201', '101', NULL, NULL)

    C. (NULL, '103', 90, '选修')

    D. ('2009201', NULL, 89,)

24. 假设有学生关系 S（SN，SNAME，SEX），课程关系 C（CN，CNAME），学生选课关系 SC（SN，CN，GRADE）。要查询选修"Computer"课的学生姓名，将涉及关系_____。

    A. S   B. S, SC   C. C, SC   D. S, C, SC

25. 查询"005"这门课，成绩最高的学生学号的方法是_____。

    A. SELECT SN

       FROM SC

       WHERE CN＝'005'

       GROUP BY SN

       HAVING GRADE＝MAX（GRADE）

    B. SELECT SN

       FROM SC

       WHERE CN＝'005' AND GRADE＝

       (SELECT MAX（GRADE）FROM SC WHERE CN＝'005')

    C. SELECT SN

       FROM SC

       WHERE CN＝'005' AND GRADE＝MAX（GRADE）

    D. SELECT SN

       FROM SC

       WHERE GRADE＝(SELECT MAX（GRADE）FROM SC WHERE CN＝'005')

二、填空题

1. SQL 的中文全称是_____。

2. SQL、DDL、DML、DCL 的中文全称分别是_____、_____、_____、_____。

3. SQL 语言除了具有数据查询和数据操纵功能之外，还具有_____和_____的功能，它是一个综合性的功能强大的语言。

4. 在关系数据库标准语言 SQL 中，实现数据检索的命令语句是_____。

5. 查询语句中，_____子句用于选择满足条件的元组，_____子句用于按照指定列分组，_____子句用于对结果排序。

6. 有关系 R（A，B，C）和 S（A，D，E，F），R 和 S 有相同属性 A，把两张表做自然连接，用 SQL 语言的查询语句表示，则为：SELECT R. A，B，C，D，E，F FROM R，S WHERE_____。

7. 关系数据操作语言（DML）的特点是：操作对象与结果均为_____。

8. 模糊匹配，查询姓张，名字中有语句 '＿' 的学生的句块为：where 姓名 like_____。

三、判断题

1. 主键可以唯一标识每一行记录。（　　）

A. 是　　　　　　　　　　　B. 否

2. 主键只能由多个列属性组成。（　　）

A. 是　　　　　　　　　　　B. 否

3. 使用 update 语句时，需要考虑约束条件。（　　）

A. 是　　　　　　　　　　　B. 否

4. Order by 语句，在默认情况下按照升序结果排序。（　　）

A. 是　　　　　　　　　　　B. 否

四、简答题

1. 试述 SQL 语言的特点。

2. 试述 SQL 的定义功能。

五、操作题

1. 设有如下关系表 T：T（NO，NAME，SEX，AGE，CLASS），主码是 NO，AGE 是 INT，其余为 CHAR。

（1）插入一个记录（'08001'，'李明'，'男'，18，'08'）。

（2）插入 "08" 班学号为 08002，姓名为 "王凡" 的学生记录。

（3）将学号为 08003 的学生姓名改为 "王华"。

（4）将所有 "08" 班号改为 "09"。

（5）删除学号为 08002 的学生记录。

（6）删除姓 "王" 的学生记录。

2. 用 SQL 语言完成以下各项操作：

（1）把对表 S 的 INSERT 权限授予用户张三，并允许他再将此权限授予其他用户。

（2）把查询 S 表和修改的权限授给用户李明。

3. 查看职工数据库的信息。有如下关系：

  Bumen（bmh，bmmc，bmszd）

  Zhigong（zgh，zgmc，gz，gzrq，gzzw，bmh）

说明：部门（部门号［主键］，部门名称，部门所在地）

   职工（职工号［主键］，职工姓名，工资，入职时间，工作职位，部门号［外键］）

其中工资为 numeric（8，2），入职时间为 datetime 型，其余全部为 char（12）。

（1）列出全部职工的姓名，取消重名。

（2）列出工资最高的前三位职工的姓名、职工号、工资三列值。

（3）查询单位中，不同的工作职位的数量。

（4）计算职工工资的 10%，并列出职工号。

（5）按照部门号的降序顺序，职工号的升序顺序，显示部门号、职工号和职工姓名。

（6）查询 2000 年 10 月 1 日以后进入本单位的职工的职工号和姓名。

（7）查询公司中姓王的职工的职工号和姓名。

（8）查询单位职工总人数。

（9）查询每一个部门中员工的人数。

（10）查询每一个部门的部门号、部门最高工资和部门平均工资。

（11）查询人数少于 4 人的部门号和部门名称。

（12）查询在北京工作的员工的职工号和姓名。

（13）查询所有工资高于所在部门平均工资的职工的职工号和姓名。

4. 根据条件，完成下列查询。

数据库中，有下表：

  titles（title _ id，title，type，pub _ id，price，ytd _ sales）

  authors（au _ id，au _ name，phone，state）

  titleauthor（title _ id，au _ id）

  图书表（书号，书名，种类，出版社号，价格，销售数量）

  作者（作者号，作者姓名，电话，居住地）

  图书_作者（图书号，作者号）

（1）查询 titles 表中，价格打了 8 折后仍高于 12 美元的书号、种类以及原价。

  select _____ ，type，price

  from titles

  where _____

（2）查询价格在 15～20 美元之间的书的书号、种类和价格。

  select _____ ，type，price

  from titles

  where _____

（3）查询书价高于 20 和书价低于 15 的书号、种类和价格。

  select _____ ，type，price

   from titles

   where _____

(4) 查询不在 CA，KS 居住的作家名称。

   select _____，au _ id

   from authors

   where _____ ('CA'，'KS')

(5) 查询 titles 中每种书的平均价格和种类。

   select _____

   from titles

   _____

(6) select pub _ id，type，avg（price）'avg _ price'，sum（price）'sum _ price'

   from titles

   where type in ('business'，'trade _ cook'，'mod _ cook')

   group by type

   以上语句是否能够正确执行？

(7) 查询所有价格超过 10 美元的书的种类和平均价格。

   select type，_____ as 'avg _ price'

   from titles

   where _____

   group by _____

(8) 在所有价格超过 10 美元的书中，查询所有平均价格超过 18 美元的书的种类和平均价格。

   select type，_____'avg _ price'

   from titles

   where _____

   group by _____

   having _____

(9) 查询数据库中的表 authors 中作者的名字，并按作者名降序排序。

   select _____

   from authors

   order by _____

(10) 查询 titles 中各类书的销售额（提示销售额＝price * ytd _ sales）和书号，并按照书的销售额降序排列。

   select title _ id，_____ as '销售额'

   from titles

   order by _____

(11) 查询所有价格高于平均价格的书的书号。

   select title _ id

from titles

where _____

(12) 查询所有出版过书的作者的信息（即：在 titleauthor 表中出现了的作者）。

select *

from authors

where _____

(13) 从 titles 和 titleauthor 表中查询书的书号、书名、作者号、类型和价格。

select title _ id，title，au _ id，type，price

from titles，titleauthor

where _____

(14) 从 titles、authors 和 titleauthor 表中查询书的书号、书名、作者号和作者名。

select titles. title _ id，title，authors. au _ id，au _ name

from titles，titleauthor，authors

where _____

(15) 使用外连接查询书的书号、书名和作者的作者号、作者名。

select title _ id，title，au _ id，au _ name

from titles，authors，titleauthor

where _____

(16) 在 titles 表中查询同名但作者号不同的作者。

select a1. au _ id，a1. au _ name，a2. au _ id，a2. au _ name

from authors a1 authors a2

where _____

(17) 查找销售量大于平均销售量的书的书号、书名和种类。

select title _ id，title，type

from title

where _____

(18) 查询所有 au _ id 的第一个字符为 5～9、第二个字符为 1～4 的作家的姓名和电话号码。

select au _ name，phone，au _ id

from authors

where _____

(19) 查询出所有 au _ id 满足前 2 个字符为"72"，第 3 个字符为 3、4、5 中的一个，第 4 个字符为"－"的作家的姓名和电话号码。

select au _ name，phone，au _ id

from authors

where _____

(20) 查询所有 au _ id 满足前 2 个字符为"72"，第 4 个字符为"－"的作家的姓名和电话号码。

select au _ name，phone，au _ id

from authors

where ＿＿＿＿

（21）查询所有名字以 D 打头的作家。

Select au _ name

from authors

where ＿＿＿＿

（22）创建表 authors（au _ id ，au _ name，phone，state），其中 au _ id 为主键，四个字段数据类型为 char（10）。

create table authors（au _ id ＿＿＿＿ ，

au _ name 　　char（10），

phone 　　　char（10），

state 　　　char（10））

（23）修改表 authors 的结构，把 au _ name 由 10 个字符改为 20 个字符，并要求为非空。

alter table authors ＿＿＿＿

（24）向 authors 表中插入数据（作者号 00200，姓名 Sam），电话和居住地未知。

insert into ＿＿＿＿

（25）修改 authors 表数据中作者号为 00200 的作者信息，其电话号码改为 1080123456。

update authors ＿＿＿＿

（26）删除 authors 表数据，删除作者号为 00200 的作者信息。

delete from ＿＿＿＿

5. 有如下关系：学生表、选修表、课程表。

Student（sno，sname，ssex，sdept，birth）

Sc（sno，cno，grade）

Course（cno，cname，cpno，credit）

说明：

学生表（学号［主键］，姓名，性别，专业，出生日期）

选修（学号，课程号，成绩），主键（学号，课程号）

课程（课程号［主键］，课程名，先修课程号，学分）

其中成绩 grade 为数值型数据，出生日期为 datetime 型数据，其余均为字符型数据。

（1）查询每门课的课程名称和间接先修课（先修课的先修课）的课程号。

（2）查询选修课程号为"003"，并且其成绩高于这门课平均分的学生学号。

（3）每门课的最高成绩和平均成绩。

（4）查询选修"数据库"的学生姓名和专业。

（5）查询 Student 表中出生年月为空的学生人数。

（6）查询所有姓"张"的学生姓名和"数学"课成绩，并按照成绩由高到低进行排序。

（7）查询所有学生的学号、姓名以及所选课程名称和成绩。

（8）查询平均分数大于 87 分的学生的学号。

（9）查询选修了两门以上课程的学生的学号。

（10）查询计算机专业 1982 年以后出生的所有男生的选课成绩、相应学号和课程号。

（11）查询 Student 和 Course 两张表的笛卡儿积的结果集中的元组个数。

6. 在供应商、零件数据库中有以下 4 个关系模式：

S（SNO，SNAME，STATUS，CITY）

供应商（供应商代号，供应商名，状态，供应商所在城市）

P（PNO，PNAME，COLOR，WEIGHT）

零件（零件代号，零件名字，零件颜色，零件重量）

J（JNO，JNAME，CITY）

工程（工程代号，工程名字，工程所在城市）

SPJ（SNO，PNO，JNO，QTY）

供应关系（供应商代号，零件代号，工程代号，零件数量）

用 SQL 语言完成以下操作：

（1）查询所有零件表的全部内容。

（2）查询工程表中所在城市为"上海"的工程的信息。

（3）查询重量最轻的零件代号。

（4）查询为工程"J1"提供零件的供应商代号。

（5）查询为工程"J1"提供零件 P1 的供应商代号。

（6）查询由供应商"S1"提供零件的工程名称。

（7）查询由供应商"S1"提供零件的颜色。

（8）查询为工程"J1"和"J2"提供零件的供应商代号。

（9）查询为工程"J1"提供红色零件的供应商代号。

（10）查询为"上海"的工程提供零件的供应商代号。

（11）查询为所在城市为"上海"的工程提供红色零件的供应商代号。

（12）查询供应商与工程所在城市相同的供应商提供的零件代号。

（13）查询"上海"的供应商提供给上海任意工程的零件代号。

（14）查询至少有一个给工程不在同一城市的供应商提供零件的工程代号。

（15）查询"上海"供应商不提供任何零件的工程代号。

（16）查询 SPJ 表中，每个供应商代号和提供零件的总量。

（17）查询提供总零件数量最多的供应商的代号。

（18）查询供应商名称，他所提供零件的工程名称和相应零件名称。

（19）把全部红色零件改称绿色。

（20）把"S1"提供给工程"J1"的零件"P1"改为由"S2"提供。

（21）创建表 J（JNO，JNAME，CITY），JNO 为主键，所有字段为 char（10）类型。

（22）修改表 S，删除列 STATUS。

（23）修改表 JNAME 字段为 char（20）类型，并且为非空。

（24）向 P 表插入数据 PNO='003'，PNAME='齿轮'，颜色和重量未知。

（25）修改 P 表数据，PNO='003'的颜色为"red"。

（26）删除 P 表颜色为"yellow"的所有零件数据。

第 5 章

SQL Server 数据库对象管理

一、选择题

1. 在视图上不能完成的操作是_____。

A. 更新视图   B. 查询

C. 在视图上定义新的表   D. 在视图上定义新的视图

2. SQL 语言中，删除一个视图的命令是_____。

A. DELETE   B. DROP   C. CLEAR   D. REMOVE

3. 在 SQL 语言中的视图 VIEW 是数据库的_____。

A. 外模式   B. 模式   C. 内模式   D. 存储模式

4. 创建存储过程的语句是_____。

A. CREATE STORE   B. CREATE FUNCTION

C. CREATE PROCEDURE   D. CREATE TRIGGER

5. 执行存储过程的命令是_____。

A. DO   B. EXECUTE   C. EXE   D. GO

6. 创建触发器的语句是_____。

A. CREATE STORE   B. CREATE FUNCTION

C. CREATE PROCEDURE   D. CREATE TRIGGER

7. 创建索引的语句是_____。

A. CREATE INDEX   B. CREATE VIEW

C. CREATE PROCEDURE   D. CREATE TRIGGER

8. 创建视图的语句是_____。

A. CREATE INDEX   B. CREATE VIEW

C. CREATE PROCEDURE   D. CREATE TRIGGER

二、填空题

1. 视图是从_____中导出的表，数据库中实际存放的是视图的_____。

2. 触发器和存储过程的区别在于，存储过程是_____执行的，触发器是_____执行的。

3. 视图删除后，只_____删除视图，与其相关的基本表数据_____受到影响。

4. 表的索引可以分为聚集索引和非聚集索引，其中一张表的聚集索引可以有_____个。

5. 存储过程是存储在_____端的对数据处理的程序。

三、判断题

1. 可以对存储过程进行加密处理。（　　）

A. 是　　　　　　　　　　B. 否

2. 存储过程可以使用参数。（　　）

A. 是　　　　　　　　　　B. 否

3. 可以通过视图对表中的数据进行修改。（　　）

A. 是　　　　　　　　　　B. 否

4. 索引越多，数据库的检索能力就越强。（　　）

A. 是　　　　　　　　　　B. 否

四、简答题

1. 试述视图的优点。

2. 所有的视图是否都可以更新？为什么？

五、操作题

1. 根据条件，完成下列查询。

数据库中，有如下表：

　　Titles（title_id，title，type，pub_id，price，ytd_sales）

　　Authors（au_id，au_name，phone，state）

　　Titleauthor（au_id，title_id）

　　图书表（书号，书名，种类，出版社号，价格，销售数量）

　　作者（作者号，作者姓名，电话，居住地）

　　图书作者（图书号，作者号）

（1）创建包含作者姓名、图书书号、书名的视图 au_title_view。

（2）在 Authors 表上创建以居住地为索引项的索引 state_index。

（3）在 Titleauthor 上创建 delete 类型触发器 del_tri，触发动作为当 Titleauthor 删除数据时，显示信息（"图书作者表上删除了信息"）。

（4）创建存储过程 junjia_proc，计算图书表所有书的平均价格，如果平均价格高于 15 元，显示"平均价格高于 15"，否则显示平均价格。

2. 在供应商、零件数据库中有以下 4 个关系模式：

　　S（SNO，SNAME，STATUS，CITY）

　　供应商（供应商代号，供应商名，状态，供应商所在城市）

P（PNO，PNAME，COLOR，WEIGHT）

零件（零件代号，零件名字，零件颜色，零件重量）

J（JNO，JNAME，CITY）

工程（工程代号，工程名字，工程所在城市）

SPJ（SNO，PNO，JNO，QTY）

供应关系（供应商代号，零件代号，工程代号，零件数量）

（1）创建存在供求关系的工程和供应商，并且二者在同一城市的视图 SJ_view 包含供应商代号、工程代号、所在城市三字段。

（2）创建 S 表索引 CITY_index，以 S 表 CITY 为索引字段。

（3）创建触发器 del_tri，在 SPJ 表删除数据时，显示提示信息"供应关系表中删除了数据"。

（4）创建存储过程，用来显示在供应关系中使用零件总数。

第 6 章

事务和锁

一、选择题

1. 一个事务的执行，要么全部完成，否则全部不做，这种不可分割的操作序列的属性是_____。

  A. 原子性   B. 一致性   C. 独立性   D. 持久性

2. 表示两个或多个事务可以同时运行而不互相影响的是_____。

  A. 原子性   B. 一致性   C. 独立性   D. 持久性

3. 事务的持续性是指_____。

  A. 事务中包括的所有操作要么都做，要么都不做

  B. 事务一旦提交，对数据库的改变是永久的

  C. 一个事务内部的操作对并发的其他事务是隔离的

  D. 事务必须使数据库从一个一致性状态变到另一个一致性状态

4. SQL 语言中的 COMMIT 语句的主要作用是_____。

  A. 结束程序   B. 返回系统   C. 提交事务   D. 存储数据

5. SQL 语言中用_____语句实现事务的回滚。

  A. CREATE TABLE   B. ROLLBACK

  C. GRANT 和 REVOKE   D. COMMIT

6. 事务日志用于保存_____。

  A. 程序运行过程   B. 程序的执行结果

  C. 对数据的更新操作   D. 对数据的查询操作

7. 解决并发操作带来的数据不一致问题普遍采用_____技术。

  A. 封锁   B. 存取控制   C. 恢复   D. 协商

8. 下列不属于并发操作带来的问题的是_____。

  A. 丢失修改   B. 不可重复读   C. 死锁   D. 脏读

9. DBMS 普遍采用_____方法来保证调度的正确性。

A. 索引   B. 授权   C. 封锁   D. 日志

10. 如果事务 T 获得了数据项 Q 上的排他锁，则 T 对 Q _____。

A. 只能读不能写   B. 只能写不能读

C. 既可读又可写   D. 不能读也不能写

11. 设事务 T1 和 T2，对数据库中的数据 A 进行操作，可能有如下几种情况，则不会发生冲突操作的是_____。

A. T1 正在写 A，T2 要读 A   B. T1 正在写 A，T2 也要写 A

C. T1 正在读 A，T2 要写 A   D. T1 正在读 A，T2 也要读 A

12. 如果有两个事务，同时对数据库中同一数据进行操作，不会引起冲突的操作是_____。

A. 一个是 DELETE，一个是 SELECT

B. 一个是 SELECT，一个是 DELETE

C. 两个都是 UPDATE

D. 两个都是 SELECT

二、填空题

1. 在 SQL 语言中，定义事务控制的语句主要有_____、_____和_____。

2. 事务具有四个特性：它们是_____、_____、_____和_____。这四个特性也简称为_____特性。

3. 并发操作带来的数据不一致性包括：_____、_____、_____和_____。

4. _____被称为封锁的粒度。

三、简答题

1. 什么是封锁？

2. 在数据库中为什么要并发控制？

3. 列举几种锁。

四、操作题

定义一张表 S，定义事务，察看以下两条语句的差别。

(1) Begin transaction

    Insert into S（s1，s2）values（'a1'，'b1'）

    Commit transaction

    go

(2) Begin transaction

    Insert into S（s1，s2）values（'a1'，'b1'）

    Rollback transaction

    go

第 7 章

SQL Server 数据库备份与恢复

一、选择题

1. SQL Server 支持的备份不包括以下哪几种方式？ _____

A. 完全备份　　　　B. 索引备份　　　　C. 日志备份　　　　D. 文件备份

2. SQL Server 数据恢复不包括以下哪种？ _____

A. 完全恢复　　　　　　　　　　B. 简单恢复

C. 大容量日志恢复　　　　　　　D. 附加数据库

3. 关于备份说法正确的是_____。

A. SQL Server 备份设备使用物理设备名称或逻辑设备名称来标识

B. 备份设备逻辑名称，是操作系统用来标识备份设备的名称

C. 备份设备物理名称，是用来标识物理备份设备的别名

D. 备份或恢复时，只能使用物理备份设备名称

二、简答题

1. 什么是日志文件？为什么要设立日志文件？

2. 什么是完整备份？什么是差异备份？

三、操作题

1. 练习使用 SQL Server 进行逻辑磁盘备份设备。

2. 练习使用系统存储过程备份数据库，并恢复数据库。

第 8 章

SQL Server 数据库安全性

一、选择题

1. SQL Server 默认的用户登录账号是_____。

A. sa   B. administrators

C. builtin   D. dbo

2. 把经过 SQL Server 验证身份的登录账户添加到数据库中的存储过程的命令是_____。

A. sp _ grantlogin   B. sp _ adduser

C. sp _ addgrantuser   D. sp _ addlogin

3. 在数据库的管理中，对 SQL Server 中 guest 用户的描述错误的是_____。

A. 安装系统时，guest 用户被加入到 master、pubs、tempdb、northwind 数据库中

B. 用户成功登录到 SQL Server 后，若该登录账号在某数据库中无合法数据库用户，则系统将可能允许以 guest 用户的身份来访问该数据库

C. 不能从 master、tempdb 数据库中删除 guest 用户

D. 在新建一个数据库时，guest 用户将被自动添加

4. 对于数据库的管理，SQL Server 的授权系统将用户分成四类，其中权限最大的用户是_____。

A. 一般用户   B. 系统管理员

C. 数据库拥有者   D. 数据库对象拥有者

5. 下面不是 SQL Server 的认证模式的选项是_____。

A. SQL Server 认证模式   B. Windows 认证模式

C. 登录认证模式   D. 混合认证模式

6. 用户登录账号的信息存放在系统数据库_____中。

A. tempdb   B. master   C. msdb   D. model

7. 在安装 MS SQL Server 时，必须选择一种安全类型。登录时，不需要记录用户名和登录 ID 的安全模式是_____。

A. SQL Server 认证模式　　　　　B. Windows 认证模式

C. 登录认证模式　　　　　　　　D. 混合认证模式

8. 可以执行 SQL Server 系统中任何操作的固定服务器角色是_____。

A. serveradmin　　　　　　　　B. setupadmin

C. dbcreator　　　　　　　　　D. sysadmin

9. 可以执行数据库中任何操作的固定数据库角色是_____。

A. public　　　　　　　　　　　B. db＿owner

C. db＿accessadmin　　　　　　D. db＿securityadmin

10. 如果不允许用户对数据库中数据进行写操作，应将数据库用户加入到以下哪个角色中？_____

A. db＿denydatareader　　　　　B. db＿denydatawriter

C. db＿accessadmin　　　　　　D. db＿securityadmin

二、简答题

1. 已知 SQL Server 中有一个登录 dave，但在查询分析器中登录时发生错误，无法登录，请分析可能的原因。

2. 什么是数据库角色和服务器角色？角色和用户有什么关系？

3. 简述 SQL Server 2000 的安全层次。

4. 数据库中使用的数据安全技术主要有哪几种？

第 9 章

数据库设计

一、选择题

1. 下面选项中不是对表进行规范化目的的是_____。

A. 减少数据冗余　　　　　　　　　B. 消除删除异常
C. 提高查询速度　　　　　　　　　D. 消除插入异常

2. 概念结构设计阶段得到的结果是_____。

A. 数据字典描述的数据需求　　　　B. E-R 图表示的概念模型
C. 某个 DBMS 所支持的数据模型　　D. 存储结构和方法的物理结构

3. E-R 模型用于数据库设计的哪一个阶段？_____

A. 需求分析　　　　　　　　　　　B. 概念结构设计
C. 逻辑结构设计　　　　　　　　　D. 物理结构设计

4. 若某表满足 1NF，且其所有属性合起来组成主键，则一定还满足范式_____。

A. 只有 2NF　　　　B. 只有 3NF　　　C. 2NF 和 3NF　　　D. 没有

5. 现有关系：学生（学号，姓名，系号，系名），为消除数据冗余，至少需要分解为_____。

A. 1 个表　　　　B. 2 个表　　　　C. 3 个表　　　　D. 4 个表

6. 公司中有多个部门和多名职员，每个职员只能属于一个部门，一个部门可以有多名职员，从部门到职员的联系类型是_____。

A. 多对多　　　　B. 一对一　　　　C. 多对一　　　　D. 一对多

7. 3NF 同时又是_____。

A. 2NF　　　　B. 1NF　　　　C. BCNF　　　　D. 1NF，2NF

8. 现有关系：学生（学号，姓名，课程号，系号，系名，成绩），为消除数据冗余，至少需要分解为_____。

A. 1 个表　　　　B. 2 个表　　　　C. 3 个表　　　　D. 4 个表

二、简答题

1. 根据 3NF 的定义及规范化方法，对关系模式 R（U，F）

U＝{学号，姓名，所在系，系主任，课程号，成绩}

F＝{学号→姓名，学号→所在系，所在系→系主任（学号，课程号）→ 成绩}

进行分解，使其满足 3NF。

2. 数据库规范设计方法将数据库设计划分的六个阶段是什么？

第 2 部分

实验指导

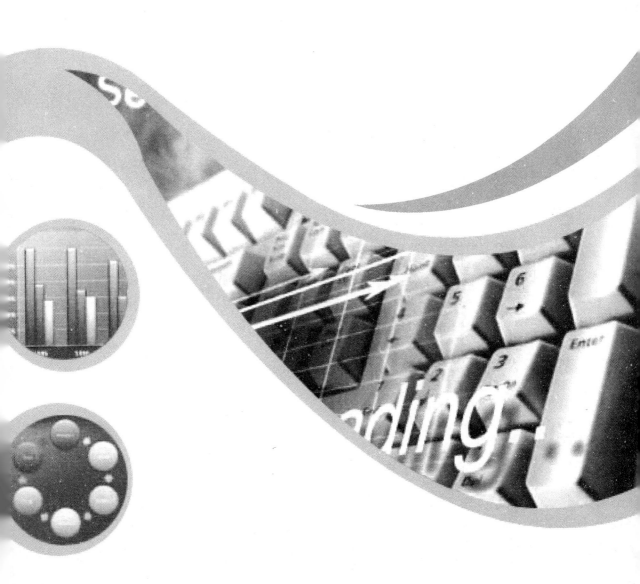

实 验 1

SQL Server 安装与基本使用

实验目的

1. 了解 SQL Server 的安装过程。
2. 了解 SQL Server 的基本架构。
3. 理解并掌握 SQL Server 服务管理器的启动。
4. 理解并掌握 SQL Server 企业管理器的启动。
5. 理解并掌握 SQL Server 查询分析器的启动。
6. 理解并掌握 SQL Server 查询分析器的基本使用。
7. 理解并掌握 SQL Server 帮助系统的基本使用。

实验要求

1. 完成 SQL Server 指定版本的安装；
2. 启动 SQL Server 的各组成部件，并了解每一部件的基本操作；
3. 启动查询分析器，并运行指定 T-SQL 语句。

实验步骤

1. 了解 SQL Server 安装步骤，安装 SQL Server 2000。

我们以 Windows XP 操作系统作为示例，详细介绍安装 SQL Server 2000 个人版的过程，其详细安装步骤如下：

（1）个人版安装光盘插入光驱后，出现提示框。请选择"安装 SQL Server 2000 组件"，如图 1—1 所示。

图 1—1　安装 SQL Server 2000 的主界面

（2）选择"安装数据库服务器"，如图 1—2 所示。

图 1—2　"安装组件"选择窗口

（3）选择"下一步"，进入欢迎界面，开始进行安装，如图 1—3 所示。

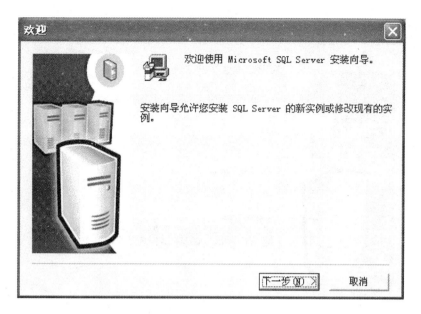

图 1—3　"欢迎"窗口

（4）选择"本地计算机"进行安装，如图 1—4 所示。

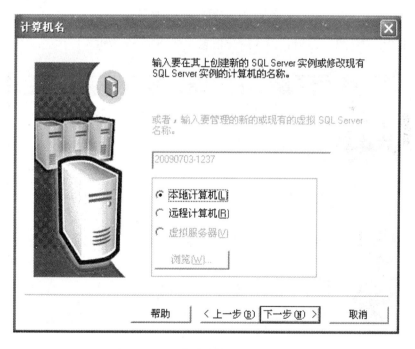

图 1—4　"本地计算机"选择窗口

（5）在"安装选择"窗口，选择"创建新的 SQL Server 实例，或安装'客户端工具'"。对于初次安装的用户，应选用这一安装模式，不需要使用"高级选项"进行安装，如图 1—5 所示。

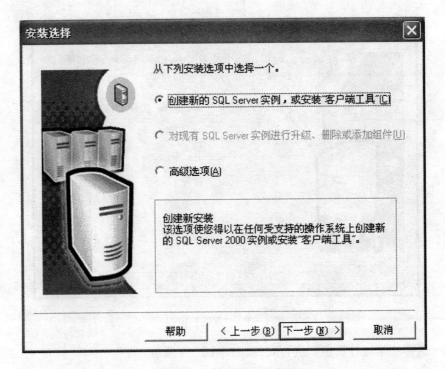

图1—5   "安装选择"窗口

（6）在"用户信息"窗口，输入用户信息，如图1—6所示。

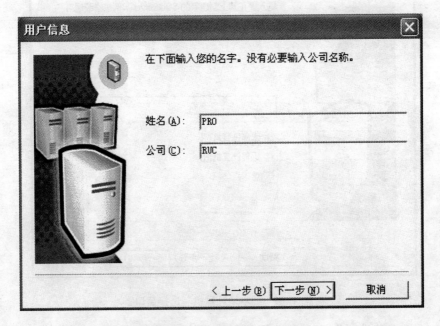

图1—6   "用户信息"输入窗口

（7）接受软件许可证协议，如图1—7所示。

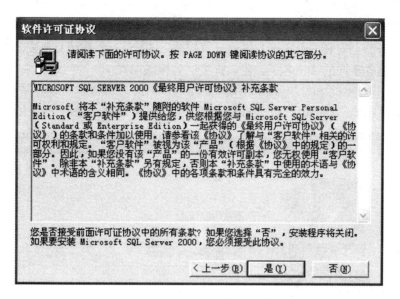

图 1—7　接受"软件许可证协议"窗口

（8）在"CD-Key"窗口，输入 CD 封套上标识的 CD-Key 信息，如图 1—8 所示。

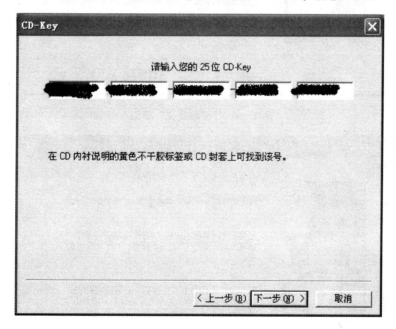

图 1—8　"CD-Key"输入窗口

（9）在"安装定义"窗口，选择"服务器和客户端工具"选项进行安装，如图 1—9 所示。我们需要将服务器和客户端同时安装，这样在同一台机器上，我们可以完成所有相关的操作，对于我们学习 SQL Server 很有用处。如果你已经在其他机器上安装了 SQL Server，则可以只安装客户端工具，用于对其他机器上 SQL Server 的存取。在接下来的"实例名"窗口，选择"默认"的实例名称，如图 1—10 所示。这时本 SQL Server 的名称将和 Windows XP 的名称相同。例如作者的 Windows XP 名称是

"PROFESSOR"，则 SQL Server 的名字也是 "PROFESSOR"。SQL Server 2000 可以在同一台服务器上安装多个实例，也就是可以将 SQL Server 系统重复安装几次。这时用户就需要选择不同的实例名了。建议将实例名称限制在 10 个字符之内。实例名会出现在各种 SQL Server 和系统工具的用户界面中，因此，名称越短越容易读取。另外，实例名称不能取成 "Default" 或 "MSSQLServer" 以及 SQL Server 的保留关键字等。

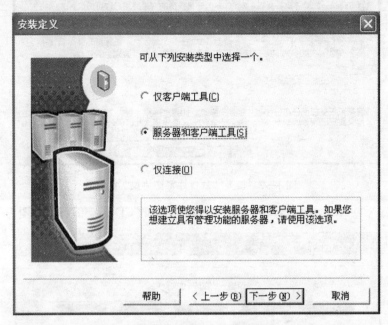

图 1—9　"安装定义"窗口

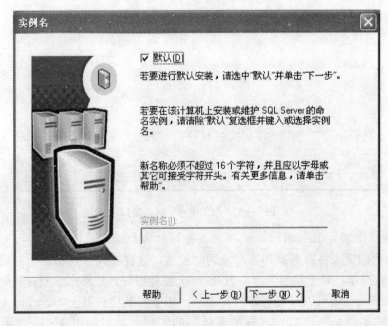

图 1—10　"实例名"输入窗口

（10）在"安装类型"窗口，选择"典型"安装选项，并指定"目的文件夹"，如图1—11所示。程序和数据文件的默认安装位置都是"C:\ Program Files \ Microsoft SQL Server \"。如果用户的数据库数据量较大的话，请预留足够的存储空间，以应付需求庞大的日志空间和索引空间。

图1—11　"安装类型"选择窗口

（11）在"服务账号"窗口，请选择"对每个服务使用同一账户。自动启动 SQL Server 服务。"的选项，如图1—12所示。在"服务设置"处，可以选择"使用本地系统账户"。如果需要"使用域用户账户"的话，请将该用户添加至 Windows Server 的本机管理员组中。

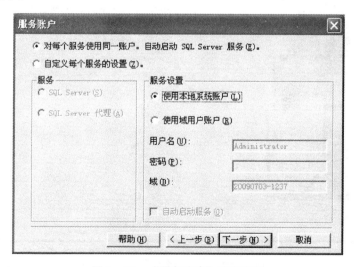

图1—12　"服务账户"信息窗口

（12）在"身份验证模式"窗口，请选择"混合模式"选项，并设置管理员"sa"账号的密码，如图1—13所示。如果你的目的只是为了学习的话，可以将该密码设置为空，以方便登录。如果是真正的应用系统，则一定要设置和保管好密码。如果需要更高的安全性，则可以选择"Windows 身份验证模式"，这时就只有 Windows Server 的本地用户和域用户才能使用 SQL Server。本实验手册中，推荐使用混合模式，当然在安装完成后也可以修改这一设置。

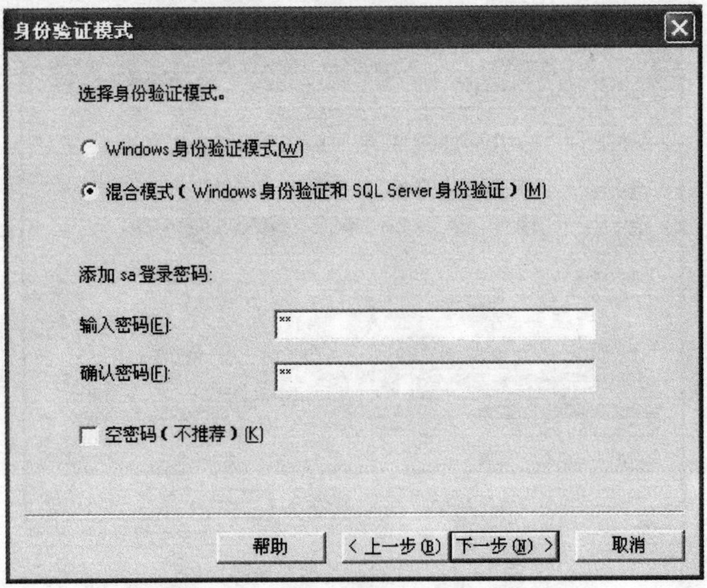

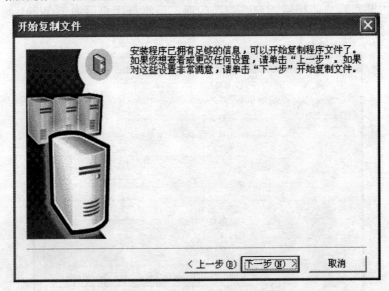

图 1—13   "身份验证模式"选择窗口

（13）然后就是几分钟左右的复制文件，如图 1—14 所示。

图 1—14   "开始复制文件"窗口

2. 启动 SQL Server 2000 服务管理器并了解其基本组成。

从"Microsoft SQL Server"菜单中选择"服务管理器"选项，打开"SQL Server 服务器"窗口，如图 1—15 所示。从"服务器"下拉框中可以选择运行本地服务器或远程服务器。对于运行本地服务器的方式，输入的服务器的名称，可以是服务器的实际名称，如"PROFESSOR"，也可以输入"localhost"、"（local）"或"."。从"服务"下拉框中还可以选择在 SQL Server 服务器所运行的服务方式，如"SQL Server"或"SQL Server Agent"。

图 1—15　"SQL Server 服务管理器"窗口

3. 启动 SQL Server 2000 企业管理器并了解其基本组成。

从"Microsoft SQL Server"菜单中选择"企业管理器"选项，打开"SQL Server Enterprise Manager"窗口，即企业管理器窗口，如图 1—16 所示。

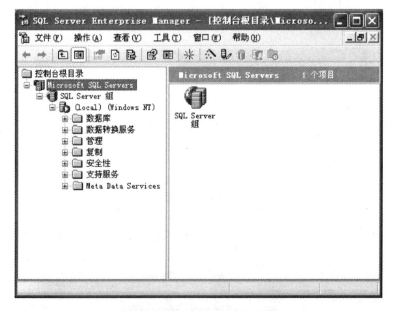

图 1—16　"SQL Server 企业管理器"窗口

4. 启动 SQL Server 2000 查询分析器并了解其基本组成。

从 "Microsoft SQL Server" 菜单中选择 "查询分析器" 选项，打开 "连接到 SQL Server" 窗口，如图 1—17 所示。从 "SQL Server 服务器" 下拉框中填写 "（local）"，再选择连接使用类型为 "SQL Server 身份验证"，填写用户名（sa）和相应密码，单击 "确定" 按钮，将打开 "SQL 查询分析器"，如图 1—17 所示。

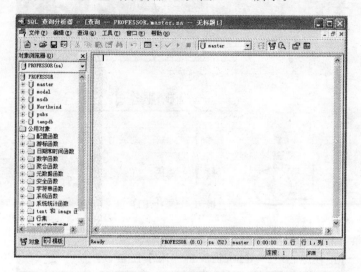

图 1—17　查询分析器

5. 在 SQL Server 2000 查询分析器的命令窗格中输入如下语句：

use northwind

select * from enrollment

6. 在键盘上按 F5 键或者用鼠标点击工具栏上的运行按钮▶，查看运行结果，如图 1—18 所示。

图 1—18　查询语句运行结果

7. 启动 SQL Server 2000 帮助系统并了解其基本组成。

从企业管理器的"帮助"菜单中选择"帮助主题"选项，打开"SQL Server 联机丛书"窗口，如图 1—19 所示。

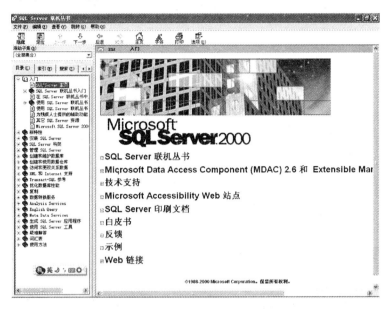

图 1—19　SQL Server 帮助系统

实验要点

1. 使用 SQL Server 2000 安装光盘或网络共享文件夹，SQL Server 2000 版本可以自行选择，推荐使用个人版。

2. SQL Server 2000 版本和 Windows 操作系统的关系。

3. 安装过程中登录模式的选择。

4. SQL Server 系统中各种实用工具的使用。

SQL Server 数据库管理

实验目的

1. 了解示例数据库 school 的基本组成。
2. 理解并掌握查询分析器的使用方法。
3. 理解并掌握应用企业管理器创建数据库的方法。
4. 理解并掌握应用企业管理器修改和查看数据库的方法。
5. 理解并掌握应用企业管理器删除数据库的方法。
6. 理解并掌握应用 T-SQL 创建数据库的方法。
7. 理解并掌握应用 T-SQL 修改和查看数据库的方法。
8. 理解并掌握通过 T-SQL 删除数据库的方法。
9. 理解并掌握 SQL Server 2000 数据库和操作系统物理文件的关系。

实验要求

1. 创建实验所用到的"学生管理系统"数据库 school。
2. 保存实验结果到网络文件夹。

实验步骤

1. 使用系统缺省方式创建"学生管理系统"数据库 school。

（1）首先打开"SQL Server 企业管理器"，依次展开"SQL Server 组"和"SQL Server 注册"，右击"数据库"选项，弹出快捷菜单，如图 2—1 所示。

（2）从快捷菜单中选择"新建数据库"项，将打开"数据库属性"对话窗口，如图 2—2 所示。

（3）在名称文本框中输入"school"，其他选择默认值，单击"确定"即可完成新建数据库。

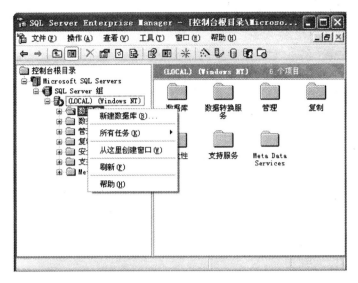

图 2—1　"SQL Server 服务器" 窗口

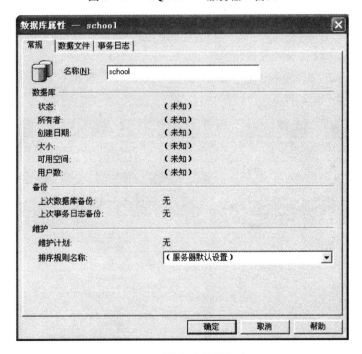

图 2—2　"数据库属性" 窗口

2. 在操作系统环境下找到 school 数据库对应的物理文件的位置并查看其属性。

从 Windows 操作系统中打开 "资源管理器" 或者 "我的电脑", 打开 SQL Server 2000 数据库文件的默认物理存储位置 "C：\ Program Files \ Microsoft SQL Server \ MSSQL \ Data", 可以看到这两个文件: "school ＿ Data. MDF" 和 "school ＿ Log. LDF", 它们分别代表 school 数据库的主数据文件和日志文件, 其大小均为默认值 1 024KB, 即 1MB, 如图 2—3 所示。

图 2—3　SQL Server 数据库文件的物理存储位置

3. 查看 school 数据库的相关信息。

（1）打开"SQL Server 企业管理器"，展开数据库，右击数据库"school"，弹出快捷菜单，如图 2—4 所示。

图 2—4　"SQL Server 服务器"窗口

（2）从快捷菜单中选择"属性"，将弹出"school 属性"对话窗口，如图 2—5 所示。在"school 属性"对话窗口中，默认的当前选项卡是"常规"项，可以查看当前数据库的名称、所有者和创建日期等信息，用户也可以依次选择其他选项卡，如"数据文件"、"事务日志"等，将可以看到有关当前数据库的数据文件和事务日志文件的物理存储位置、大小和所属组等信息，如图 2—6 和图 2—7 所示。

图 2—5　school 的属性——"常规"选项卡

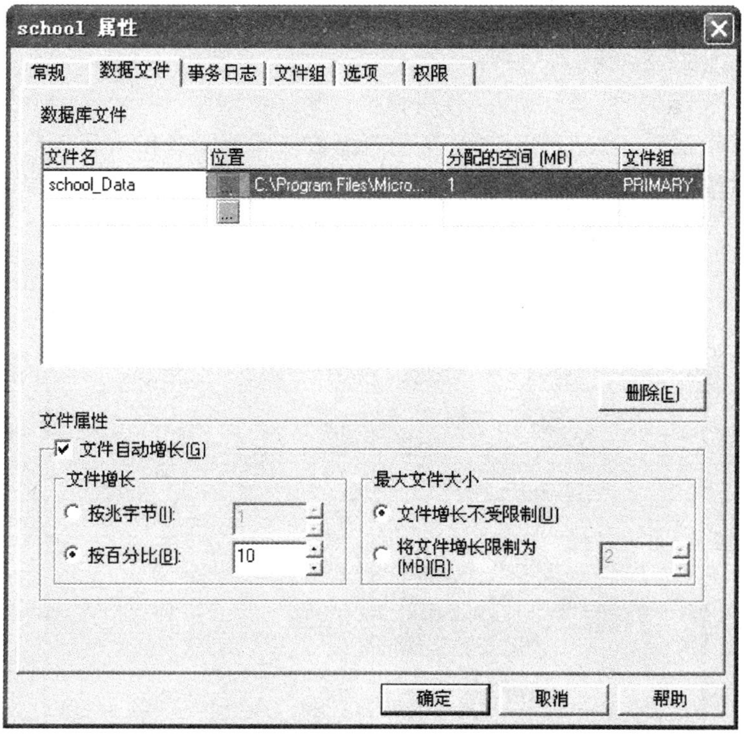

图 2—6　school 的属性——"数据文件"选项卡

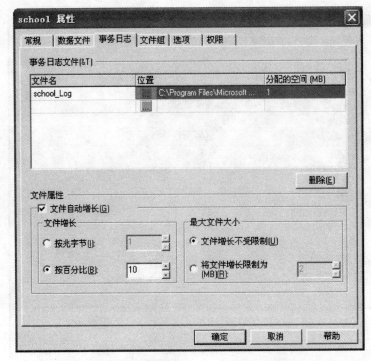

图 2—7 school 的属性——"事务日志"选项卡

4. 删除 school 数据库。

（1）打开"SQL Server 企业管理器"，展开数据库，右击数据库"school"，弹出快捷菜单，如图 2—8 所示。

（2）从快捷菜单中选择"删除"，将弹出"删除数据库－school"对话窗口，为了彻底删除数据库 school 的信息，建议勾选"为数据库删除备份并还原历史记录"项，单击"是"按钮，删除 school 数据库，如图 2—9 所示。

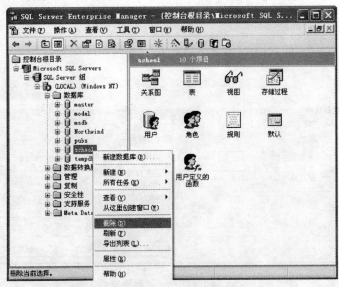

图 2—8 "SQL Server 服务器"窗口

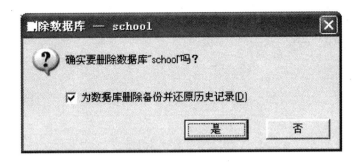

图 2—9　确认删除窗口

5. 在 D 盘（根据机房环境选择）创建文件夹 mydata。

从 Windows 操作系统中打开"资源管理器"或者"我的电脑"，打开 D 盘，在 D 盘根文件夹下新建一子文件夹"mydata"，如图 2—10 所示，稍后将在此文件夹中保存数据库文件。

图 2—10　新建文件夹"mydata"

6. 在 D：\ mydata 文件夹下创建名为 school 的数据库,同时指定 school _ dat 为数据库主文件名，school _ log 为数据库日志文件名，文件初始大小为 5M，最大为 20M，文件增长为 1M，SQL 代码如下所示：

```
CREATE DATABASE school
ON PRIMARY
(
    NAME = school _ dat,
    FILENAME = 'D: \ mydata \ school _ dat.mdf',
    SIZE = 5MB,
```

```
    MAXSIZE = 20MB,
    FILEGROWTH = 1MB
)
LOG ON
(
    NAME = school _ log,
    FILENAME = 'D: \ mydata \ school _ log.ldf',
    SIZE = 5MB,
    MAXSIZE = 20MB,
    FILEGROWTH = 1MB
)
GO
```

然后在键盘上按 F5 键或者用鼠标点击工具栏上的运行按钮 ▶，查看运行结果，如图 2—11 所示。

图 2—11　执行创建新数据库的 SQL 代码

7. 在操作系统环境下找到 school 数据库对应的物理文件的位置并查看其属性。

从 Windows 操作系统中打开"资源管理器"或者"我的电脑"，打开 school 数据库的数据文件的物理存储位置"D：\ mydata"，可以看到这两个文件："school _ dat. mdf"和"school _ log. ldf"，它们分别代表 school 数据库的主数据文件和日志文件，其大小均为指定值 5 120KB，即 5MB，如图 2—12 所示。

图 2—12 SQL Server 数据库文件的物理存储位置

8. 查看新建数据库和数据库文件的相关信息，SQL 代码如下所示：

sp _ helpdb school

然后在键盘上按 F5 键或者用鼠标点击工具栏上的运行按钮▶，查看运行结果，如图 2—13 所示。

图 2—13 school 数据库的相关信息

9. 在 school 数据库中添加一个次要数据库文件（school _ dat2），文件初始大小为 5MB，最大容量为 50MB，文件增长为 5MB，SQL 代码如下所示：

```
ALTER DATABASE school
ADD FILE
(
    NAME = school _ dat2,
    FILENAME = 'D: \ mydata \ school _ dat2.ndf',
```

```
        SIZE = 5MB,
        MAXSIZE = 50MB,
        FILEGROWTH = 5MB
)
```

然后在键盘上按 F5 键或者用鼠标点击工具栏上的运行按钮▶，查看运行结果，如图 2—14 所示。

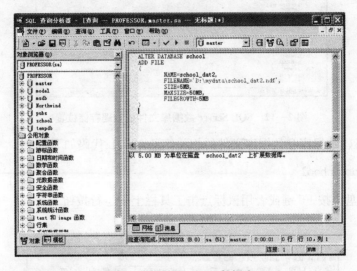

图 2—14　扩展 school 数据库

10. 查看修改后的数据库和数据库文件的相关信息，SQL 代码如下：

sp _ helpdb school

然后在键盘上按 F5 键或者用鼠标点击工具栏上的运行按钮▶，查看运行结果，如图 2—15 所示。

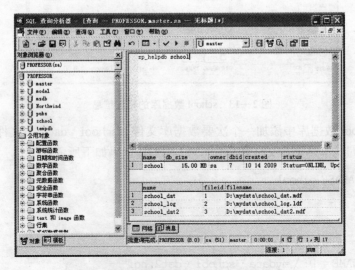

图 2—15　school 数据库扩展后的相关信息

11. 删除步骤 9 中所添加的次要数据库文件 school＿dat2，SQL 代码如下所示：

ALTER DATABASE school

REMOVE FILE school＿dat2

然后在键盘上按 F5 键或者用鼠标点击工具栏上的运行按钮▶，查看运行结果，如图 2—16 所示。

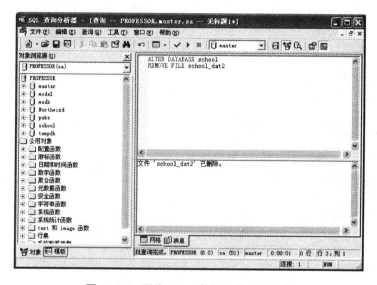

图 2—16　删除 school 数据库的数据文件

12. 将 school 数据库改名为 school＿bak，SQL 代码如下所示：

sp＿renamedb 'school', 'school222'

然后在键盘上按 F5 键或者用鼠标点击工具栏上的运行按钮▶，查看运行结果，如图 2—17 所示。

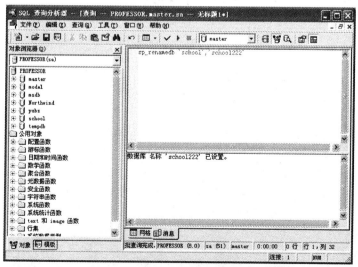

图 2—17　修改 school 数据库的名称

13. 删除 school _ bak 数据库，SQL 代码如下所示：

drop database school222

然后在键盘上按 F5 键或者用鼠标点击工具栏上的运行按钮 ▶ ，查看运行结果，如图 2—18 所示。

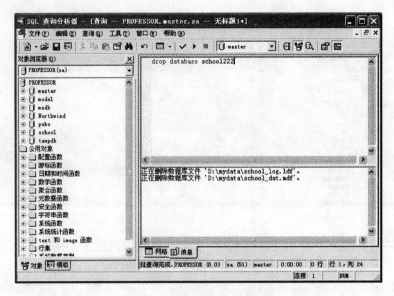

图 2—18　删除 school 数据库

🌑 实验要点

1. SQL Server 数据库与对应的操作系统物理文件的关系。
2. 存储过程 sp _ helpdb 的功能和执行。
3. 数据库初始大小、文件增长和最大容量的设置。
4. 数据库相关管理命令的使用（CREATE、ALTER、DROP）。

实验 3

SQL Server 表管理

实验目的

1. 了解表设计和表结构的相关知识。
2. 了解 SQL Server 2000 中的常用数据类型。
3. 了解表和数据库的关系。
4. 理解并掌握应用企业管理器创建和修改表的方法。
5. 理解并掌握应用企业管理器查看和删除表的方法。
6. 理解并掌握应用 T-SQL 创建和修改表的方法。
7. 理解并掌握应用 T-SQL 查看和删除表的方法。

实验要求

1. 创建"学生管理系统"数据库 school 中的 students 表、courses 表和 enrollment 表。
2. 保存实验结果到网络文件夹。

实验步骤

1. 在 school 数据库中创建学生表 students，SQL 代码如下所示：

```
USE school
CREATE TABLE students
(
    s _ no VARCHAR(20)NOT NULL,
    s _ name VARCHAR(20),
    s _ sex CHAR(2),
```

```
    s _ birth DATETIME,
    s _ address VARCHAR(50),
    s _ account MONEY,
    s _ password VARCHAR(20)
)
GO
```

2. 查看 students 表的相关信息，SQL 代码如下所示：

```
USE school
EXEC sp _ help students
```

然后在键盘上按 F5 键或者用鼠标点击工具栏上的运行按钮 ▶，查看运行结果，如图 3—1 所示。

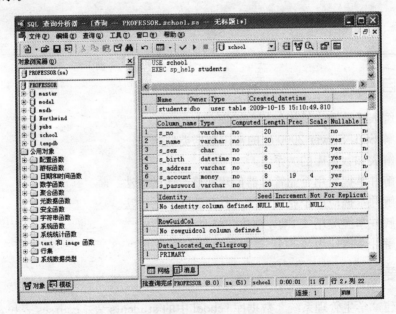

图 3—1　查看 students 数据表的信息

3. 在 students 表中新增一列电子邮件 s _ mail（VARCHAR，20），SQL 代码如下所示：

```
USE school
ALTER TABLE students
ADD s _ mail VARCHAR(20)
```

4. 将 students 表中的现有列 s _ address 修改为（VARCHAR，30），SQL 代码如下所示：

```
USE school
ALTER TABLE students
```

```
ALTER COLUMN s_address VARCHAR(30)
```

5. 删除步骤 3 中所建列 s_mail，SQL 代码如下所示：

```
USE school
ALTER TABLE students
DROP COLUMN s_mail
```

6. 删除表 students，SQL 代码如下所示：

```
DROP TABLE students
```

7. 应用企业管理器完成步骤 1～6，并与 T-SQL 操作进行对比。

8. 在 school 数据库中按要求创建学生表 students，SQL 代码如下所示：

```
USE school
CREATE TABLE students
(
    s_no VARCHAR(20),
    s_name VARCHAR(20),
    s_sex CHAR(2),
    s_birth DATETIME,
    s_address VARCHAR(50),
    s_account MONEY,
    s_password VARCHAR(20)
)
GO
```

9. 在 school 数据库中按要求创建课程表 courses，SQL 代码如下所示：

```
USE school
CREATE TABLE courses
(
    c_no CHAR(10),
    c_name VARCHAR(30),
    c_date DATETIME,
    c_credit INT,
    c_information VARCHAR(50)
)GO
```

10. 在 school 数据库中按要求创建选课表 enrollment，SQL 代码如下所示：

```
USE school
CREATE TABLE enrollment
(
```

```
    s _ no VARCHAR(20),
    c _ no CHAR(10),
    e _ score INT,
    e _ date DATETIME,
    e _ register _ state CHAR(1),
    e _ check _ state CHAR(1),
    e _ test _ state CHAR(1)
)
GO
```

11. 查看 enrollment 表的相关信息，SQL 代码如下所示：

```
USE school
EXEC sp _ help enrollment
```

然后在键盘上按 F5 键或者用鼠标点击工具栏上的运行按钮▶，查看运行结果，如图 3—2 所示。

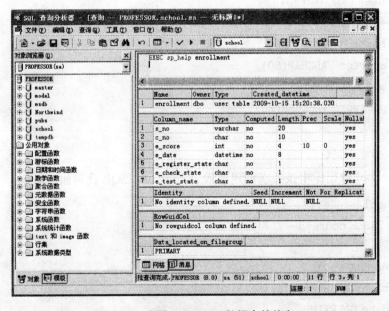

图 3—2　查看 enrollment 数据表的信息

● 实验要点

1. 数据类型 CHAR 和 VARCHAR 的区别。
2. 在对表进行操作之前，必须选择表所在数据库。
3. 存储过程 sp _ help 的功能和执行。
4. 修改表命令的多种类型。

SQL Server 记录管理

实验目的

1. 理解并掌握 INSERT INTO 语句的方法。
2. 了解 INSERT FROM 语句的方法。
3. 理解并掌握 UPDATE 语句的方法。
4. 理解并掌握 DELETE 语句的方法。

实验要求

1. 在已经创建完毕的 school 数据库的各表中添加样例数据。
2. 保存实验结果到网络文件夹。

实验步骤

1. 在 school 数据库的 students 表中增加 2 条记录（密码与学号相同），内容如下：

200920001, 张三, 女, 1982 - 03 - 24, 北京市, 8200. 0, 200920001
200920002, 李四, 男, 1976 - 07 - 23, 天津市, 3500. 0, 200920002

SQL 代码如下所示：

```
USE school
INSERT INTO students VALUES('200920001', '张三', '女', '1982 - 03 - 24', '北京市', 8200. 0, '200920001')
INSERT INTO students VALUES('200920002', '李四', '男', '1976 - 07 - 23', '天津市', 3500. 0, '200920002')
```

2. 将"张三"的姓名修改为"王五", SQL 代码如下所示:

```
USE school
UPDATE students
SET s _ name = '王五'
WHERE s _ name = '张三'
```

3. 将 s _ sex (性别) 为"男"且 s _ address (家庭地址) 为"天津市"的学生的 s _ account (账户) 增加 20%, SQL 代码如下所示:

```
USE school
UPDATE students
SET s _ account = s _ account * (1 + 0.20)
WHERE s _ sex = '男'
 AND s _ address = '天津市'
```

4. 删除 s _ address (家庭地址) 为"北京市"的学生记录, SQL 代码如下所示:

```
USE school
DELETE
FROM students
WHERE s _ address = '北京市'
```

5. 删除 students 表中所有记录, SQL 代码如下所示:

```
USE school
DELETE
FROM students
```

6. 应用企业管理器完成步骤 1~5, 并与 T-SQL 操作进行对比。

7. 在 school 数据库的 students 表中添加所有样例数据, SQL 代码如下所示:

```
USE school
INSERT INTO students VALUES ('200920001', '张三', '女', '1982 - 03 - 24', '北京市',
8200. 0, '200920001')
INSERT INTO students VALUES ('200920002', '李四', '男', '1976 - 07 - 23', '天津市',
3500. 0, '200920002')
INSERT INTO students VALUES ('200920003', '王五', '男', '1976 - 10 - 21', '天津市',
4500. 0, '200920003')
INSERT INTO students VALUES ('200920004', '赵六', '女', '1974 - 08 - 26', '长春市',
4000. 0, '200920004')
INSERT INTO students VALUES ('200920005', '钱七', '男', '1975 - 07 - 23', '天津市',
4300. 0, '200920005')
INSERT INTO students VALUES ('200920006', '吴八', '男', '1972 - 12 - 14', '天津市',
5500. 0, '200920006')
```

8. 查看 students 表的数据信息，SQL 代码如下所示：

```
USE school
select * from students
```

然后在键盘上按 F5 键或者用鼠标点击工具栏上的运行按钮▶，查看运行结果，如图 4—1 所示。

图 4—1　查看 students 表的数据

9. 在 school 数据库的 courses 表中添加所有样例数据，SQL 代码如下所示：

```
USE school
INSERT INTO courses VALUES('22010401','高等数学','2009-03-01',4,'基础课')
INSERT INTO courses VALUES('22010402','高等代数','2009-03-01',4,'基础课')
INSERT INTO courses VALUES('22010403','大学物理','2009-03-01',3,'基础课')
INSERT INTO courses VALUES('22010404','计算机基础','2009-03-01',3,'基础课')
INSERT INTO courses VALUES('22010405','程序设计','2009-03-01',2,'专业课')
INSERT INTO courses VALUES('22010406','操作系统','2009-03-01',2,'专业课')
INSERT INTO courses VALUES('22010407','数据库应用','2009-03-01',2,'专业课')
INSERT INTO courses VALUES('22010408','数据结构','2009-03-01',3,'专业课')
INSERT INTO courses VALUES('22010409','计算机网络','2009-03-01',2,'专业课')
INSERT INTO courses VALUES('22010410','人工智能','2009-03-01',2,'专业课')
```

10. 查看 courses 表的数据信息，SQL 代码如下所示：

```
USE school
select * from courses
```

然后在键盘上按 F5 键或者用鼠标点击工具栏上的运行按钮▶，查看运行结果，如图 4—2 所示。

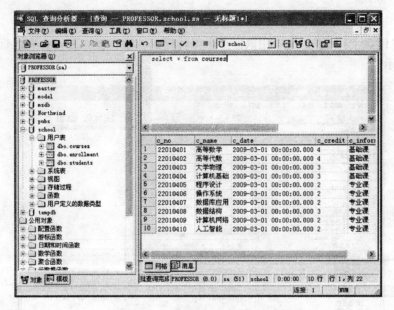

图 4—2 查看 courses 表的数据

11. 在 school 数据库的 enrollment 表中添加所有样例数据，SQL 代码如下所示：

```
USE school
INSERT INTO enrollment VALUES('200920001','22010409',88,'2009-3-12','1','1','1')
INSERT INTO enrollment VALUES('200920001','22010410',93,'2009-3-10','1','1','1')
INSERT INTO enrollment VALUES('200920003','22010407',0,'2009-3-10','0','0','0')
INSERT INTO enrollment VALUES('200920003','22010409',79,'2009-3-12','1','1','1')
INSERT INTO enrollment VALUES('200920003','22010410',74,'2009-3-10','1','1','1')
INSERT INTO enrollment VALUES('200920002','22010409',0,'2009-3-9','0','0','0')
INSERT INTO enrollment VALUES('200920002','22010407',91,'2009-3-9','1','1','1')
INSERT INTO enrollment VALUES('200920002','22010410',45,'2009-3-9','1','1','1')
INSERT INTO enrollment VALUES('200920004','22010407',0,'2009-3-10','1','0','0')
INSERT INTO enrollment VALUES('200920006','22010406',0,'2009-3-12','1','1','0')
```

12. 查看 enrollment 表的数据信息，SQL 代码如下所示：

```
USE school
select * from enrollment
```

然后在键盘上按 F5 键或者用鼠标点击工具栏上的运行按钮▶，查看运行结果，如图 4—3 所示。

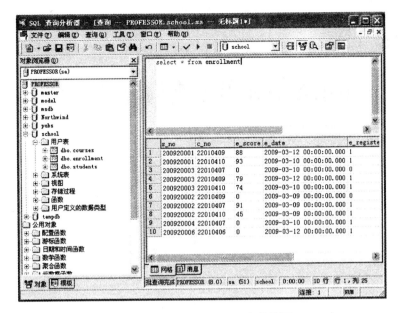

图 4—3　查看 enrollment 表的数据

● **实验要点**

1. 使用"SELECT ＊ FROM ＜表名＞"语句查看修改记录。

2. 向基本表中插入记录时表名后面可带列名表（按指定列的顺序插入相应值），也可不带列名表（按固定顺序插入所有列的值）。

SQL Server 基本查询

实验目的

1. 理解并掌握 SELECT 语句的基本方法。
2. 理解并掌握从表中查询特定行的方法。
3. 理解并掌握从表中查询前 N 行的方法。
4. 理解并掌握从查询结果中去掉重复行的方法。
5. 理解并掌握使用列的别名的方法。
6. 理解并掌握从表中查询特定列的方法。
7. 理解并掌握查询表中计算列的方法。
8. 理解并掌握查询语句中的通配符的使用。

实验要求

1. 应用 SELECT 语句对数据库 school 中的数据进行指定条件的基本查询。
2. 保存实验结果到网络文件夹。

实验步骤

1. 查询 courses 表中 c_credit（课程学分）在 2~3 的课程编号、课程名称和课程学分，SQL 代码如下所示：

```
USE school
SELECT c_no,c_name,c_credit
FROM courses
WHERE c_credit >= 2
    AND c_credit <= 3
```

或

```
USE school
SELECT c _ no,c _ name,c _ credit
FROM courses
WHERE c _ credit BETWEEN 2 AND 3
```

2. 查询 enrollment 表中各学生选修课程的情况，并以汉字标题输出学生账号、课程成绩，SQL 代码如下所示：

```
USE school
SELECT s _ no 学生账号,e _ score 课程成绩
FROM enrollment
```

3. 查询 students 表中家庭地址为"北京"的学生的详细信息，SQL 代码如下所示：

```
USE school
SELECT *
FROM students
WHERE s _ address LIKE '北京％'
```

4. 查询 students 表中年龄大于 30 且性别为"男"的学生的详细信息，SQL 代码如下所示：

```
USE school
SELECT *
FROM students
WHERE DATEDIFF(YY,s _ birth,GETDATE())＞30
  AND s _ sex = '男'
```

5. 查询 enrollment 表中课程成绩前 3 名的课程编号和成绩，SQL 代码如下所示：

```
USE school
SELECT TOP 3 c _ no,e _ score
FROM enrollment
ORDER BY e _ score DESC
```

6. 查询 enrollment 表中选修过课程的学生账号，要求去掉重复行，SQL 代码如下所示：

```
USE school
SELECT DISTINCT s _ no
FROM enrollment
```

7. 查询 enrollment 表已注册、已确认、已考试的选课详细信息，SQL 代码如下所示：

```
USE school
SELECT *
FROM enrollment
WHERE e _ register _ state = '1'
  AND e _ check _ state = '1'
  AND e _ test _ state = '1'
```

🔵 实验要点

1. 注意查询要求的详细描述，先确定要查询的表然后确定要输出的列和行。

2. T-SQL 日期函数的使用。

3. 如果没有指定输出列，则默认为输出所有列。

实 验 6

SQL Server 复杂查询

实验目的

1. 理解并掌握查询结果排序的方法。
2. 理解并掌握排序结果进行计算的方法。
3. 理解并掌握排序结果分组的方法。
4. 理解并掌握排序结果分组后再选择的方法。

实验要求

1. 应用 SELECT 语句对数据库 school 中的数据进行指定条件的复杂查询。
2. 保存实验结果到网络文件夹。

实验步骤

1. 查询性别为"男"的学生的详细信息，查询结果按账户降序排列，SQL 代码如下所示：

```
USE school
SELECT *
FROM students
WHERE s_sex = '男'
ORDER BY s_account DESC
```

2. 查询全体学生的学生账号、姓名和年龄并按家庭地址升序排列，同一地址中的学生按年龄降序排列，SQL 代码如下所示：

```
USE school
```

```
SELECT s _ no,s _ name,YEAR(GETDATE())-YEAR(s _ birth)年龄
FROM students
ORDER BY s _ address,s _ birth
```

或

```
USE school
SELECT s _ no,s _ name,DATEDIFF(YY,s _ birth,GETDATE())年龄
FROM students
ORDER BY s _ address,s _ birth
```

3. 查询学号为"200920001"的学生所选修的课程号和注册日期，并按注册日期升序排列，SQL 代码如下所示：

```
USE school
SELECT c _ no,e _ date
FROM enrollment
WHERE s _ no = '200920001'
ORDER BY e _ date
```

4. 查询选修课程号为"22010410"的总人数，SQL 代码如下所示：

```
USE school
SELECT COUNT( * )
FROM enrollment
WHERE c _ no = '22010410'
```

5. 查询所有学生的平均账户、最高账户和最低账户之和，SQL 代码如下所示：

```
USE school
SELECT AVG(s _ account)+MAX(s _ account)+MIN(s _ account)
FROM students
```

6. 查询所有学生选修课程的种类和，要求输出学生号和课程种类和，SQL 代码如下所示：

```
USE school
SELECT s _ no,COUNT(DISTINCT c _ no)
FROM enrollment
GROUP BY s _ no
```

7. 查询各类课程的最高成绩，要求输出结果按照最高成绩降序排列，SQL 代码如下所示：

```
USE school
SELECT MAX(e _ score)
```

```
FROM enrollment
GROUP BY c _ no
ORDER BY MAX(e _ score)DESC
```

🔘 实验要点

1. 聚合函数的作用范围（在未使用 GROUP BY 子句时，其作用范围为要输出的所有记录；若使用了 GROUP BY 子句，则其作用范围为分组后的记录）。

2. 分组后输出列的选择。输出列要么在 GROUP BY 子句中，要么在聚合函数中。

3. WHERE 和 HAVING 的区别。

4. 本次实验不涉及联接查询。

SQL Server 联接查询

实验目的

1. 熟悉等值联接查询的方法。
2. 熟悉非等值联接查询的方法。
3. 熟悉自身联接查询的方法。
4. 熟悉外联接查询的方法。
5. 熟悉复合条件联接的方法。
6. 熟悉集合查询的方法。
7. 熟悉子查询的方法。
8. 熟悉子查询和联接查询的区别及联系。
9. 熟悉子查询和联接查询的相互转换。

实验要求

1. 应用 SELECT 语句对数据库 school 中的数据进行指定条件的联接查询。
2. 保存实验结果到网络文件夹。

实验步骤

1. 查询选修了课程号为 "22010410" 的学生号和姓名，并以汉字标题显示，SQL
代码如下所示：

```
USE school
SELECT DISTINCT students.s_no 学生号,s_name 姓名
FROM students
JOIN enrollment
```

```
ON students. s _ no = enrollment. s _ no
WHERE c _ no = '22010410'
```

2. 查询选修了课程名称为"数据库应用"的学生号、姓名，SQL 代码如下所示：

```
USE school
SELECT students. s _ no, s _ name
FROM students
JOIN enrollment
ON students. s _ no = enrollment. s _ no
JOIN courses
ON enrollment. c _ no = courses. c _ no
AND c _ name = '数据库应用'
```

3. 查询比"钱七"账户高但和他不是同一地址的学生姓名和年龄，SQL 代码如下所示：

```
USE school
SELECT A. s _ name, YEAR( GETDATE( ) ) − YEAR( A. s _ birth)
FROM students A
JOIN students B
ON A. s _ no <> B. s _ no
AND B. s _ name = '钱七'
AND A. s _ account > B. s _ account
AND A. s _ address <> B. s _ address
```

4. 使用 exists 查询选修了课程号为"22010410"的学生号和姓名，SQL 代码如下所示：

```
USE school
SELECT s _ no, s _ name
FROM students
WHERE EXISTS( SELECT *
              FROM enrollment
              WHERE students. s _ no = enrollment. s _ no
              AND c _ no = '22010410')
```

5. 使用 in 查询与"王五"选修至少同一种课程的学生号和课程号，SQL 代码如下所示：

```
USE school
SELECT DISTINCT A. s _ no, A. c _ no
FROM enrollment A
```

```
WHERE c _ no IN (SELECT c _ no
                 FROM enrollment B
                 WHERE A. s _ no <> B. s _ no
                 AND B. s _ no IN (SELECT s _ no
                                   FROM students
                                   WHERE B. s _ no = students. s _ no
                                   AND s _ name = '王五'))
```

6. 使用基本查询查找家庭地址为"天津市"的学生以及年龄在 30 岁以上的学生的详细信息，SQL 代码如下所示：

```
USE school
SELECT *
FROM students
WHERE s _ address = '天津市'


SELECT *
FROM students
WHERE (YEAR(GETDATE()) - YEAR(s _ birth)) > 30
```

然后在键盘上按 F5 键或者用鼠标点击工具栏上的运行按钮 ▶ ，查看运行结果，如图 7—1 所示。

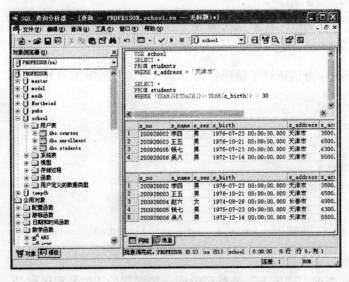

图 7—1　使用两个普通查询的结果

7. 使用集合查询查找家庭地址为"天津市"的学生以及年龄在 30 岁以上的学生的详细信息，并与步骤 6 进行对比，SQL 代码如下所示：

```
USE school
```

```
SELECT *
FROM students
WHERE s_address = '天津市'
UNION
SELECT *
FROM students
WHERE (YEAR(GETDATE()) - YEAR(s_birth)) > 30
```

然后在键盘上按 F5 键或者用鼠标点击工具栏上的运行按钮 ▶，查看运行结果，如图 7—2 所示。

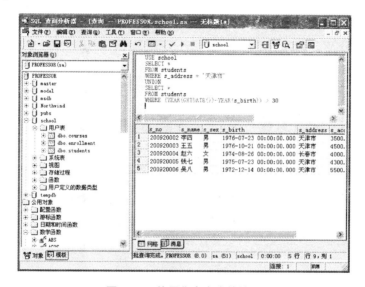

图 7—2　使用集合查询的结果

8. 对 students 表和 enrollment 表做左外联接，查询结果包括所有学生的信息，包括没有选修课程的学生，SQL 代码如下所示：

```
USE school
SELECT students.*, enrollment.*
FROM students
LEFT OUTER JOIN enrollment
ON students.s_no = enrollment.s_no
```

◉ 实验要点

1. 联接的类型（内联接，左外联接，右外联接，完整外部联接）。
2. 子查询的应用。
3. 联接查询和子查询的相互转换。
4. 使用 JOIN 与使用 WHERE 子句的区别。

SQL Server 视图管理

实验目的

1. 了解视图的功能。
2. 理解并掌握应用企业管理器创建和查看视图的方法。
3. 理解并掌握应用企业管理器修改和删除视图的方法。
4. 理解并掌握应用 T-SQL 创建和查看视图的方法。
5. 理解并掌握应用 T-SQL 修改和删除视图的方法。

实验要求

1. 创建 student 数据库中的相关视图。
2. 保存实验结果到网络文件夹。

实验步骤

1. 在 students 表中创建地址为"天津市"的学生的视图 V _ addr，SQL 代码如下所示：

```
CREATE VIEW V _ addr
AS
    SELECT *
    FROM students
    WHERE s _ address = '天津市'
```

2. 在 enrollment 表中创建选修了课程号为"22010410"课程的视图 V _ enroll，SQL 代码如下所示：

```
CREATE VIEW V _ enroll
AS
    SELECT *
    FROM enrollment
    WHERE c _ no = '22010410'
```

3. 在 students 和 enrollment 表中创建"天津市"的学生选修了课程号为"22010410"课程的视图 V _ addr _ enroll，SQL 代码如下所示：

```
CREATE VIEW V _ addr _ enroll
AS
    SELECT students. *
    FROM students
    JOIN enrollment
    ON students. s _ no = enrollment. s _ no
    AND c _ no = '22010410'
    AND s _ address = '天津市'
```

4. 在视图 V _ addr 上查询性别为"男"的学生信息，SQL 代码如下所示：

```
USE school
SELECT *
FROM V _ addr
WHERE s _ sex = '男'
```

5. 在视图 V _ addr 中增加一条记录（内容如下），并查看 students 表中记录的改变情况。记录内容如下：（T-SQL）

'200920007'，'孙九'，'男'，'1978－06－28'，'北京市'，5000.0，'200920007'

SQL 代码如下所示：

```
USE school
INSERT INTO V _ addr VALUES ('200920007', '孙九', '男', '1978－06－28', '北京市',
5000.0, '200920007')
```

6. 将视图 V _ addr 中学生号为"200920002"的学生的密码修改为"happyday"，并查看 students 中记录的改变情况，SQL 代码如下所示：

```
USE school
UPDATE V _ addr
SET s _ password = 'happyday'
WHERE s _ password = '200920002'
```

然后在键盘上按 F5 键或者用鼠标点击工具栏上的运行按钮 ▶，对比运行前后的结果，如图 8—1 和图 8—2 所示。

	s_no	s_name	s..	s_birth	s_a...	s_account	s_password
1	200920001	张三	女	1982-0...	北京市	8200.0000	200920001
2	200920002	李四	男	1976-0...	天津市	3500.0000	200920002
3	200920003	王五	男	1976-1...	天津市	4500.0000	200920003
4	200920004	赵六	女	1974-0...	长春市	4000.0000	200920004
5	200920005	钱七	男	1975-0...	天津市	4300.0000	200920005
6	200920006	吴八	男	1972-1...	天津市	5500.0000	200920006
7	200920007	孙九	男	1978-0...	北京市	5000.0000	200920007

图 8—1　修改视图前 students 数据表中的记录情况

	s_no	s_name	s..	s_birth	s_ad...	s_account	s_password
1	200920001	张三	女	1982-03-...	北京市	8200.0000	200920001
2	200920002	李四	男	1976-07-...	天津市	3500.0000	happyday
3	200920003	王五	男	1976-10-...	天津市	4500.0000	200920003
4	200920004	赵六	女	1974-08-...	长春市	4000.0000	200920004
5	200920005	钱七	男	1975-07-...	天津市	4300.0000	200920005
6	200920006	吴八	男	1972-12-...	天津市	5500.0000	200920006
7	200920007	孙九	男	1978-06-...	北京市	5000.0000	200920007

图 8—2　修改视图后 students 数据表中的记录情况

7. 在 V＿addr 中删除学生号为"200920007"的记录，并查看 students 中记录的改变情况，SQL 代码如下所示：

USE school
DELETE
FROM V＿addr
WHERE s＿no = '200920007'

然后在键盘上按 F5 键或者用鼠标点击工具栏上的运行按钮 ▶，对比运行前后的结果，发现 students 中记录并未发生变化，如图 8—3 所示。

	s_no	s_name	s..	s_birth	s_a...	s_acc...	s_password
1	200920001	张三	女	1982-03-...	北京市	8200.0000	200920001
2	200920002	李四	男	1976-07-...	天津市	3500.0000	happyday
3	200920003	王五	男	1976-10-...	天津市	4500.0000	200920003
4	200920004	赵六	女	1974-08-...	长春市	4000.0000	200920004
5	200920005	钱七	男	1975-07-...	天津市	4300.0000	200920005
6	200920006	吴八	男	1972-12-...	天津市	5500.0000	200920006
7	200920007	孙九	男	1978-06-...	北京市	5000.0000	200920007

图 8—3　查看 students 数据表的信息

8. 删除视图 V＿addr＿enroll、V＿enroll 和 V＿addr，SQL 代码如下所示：

USE school
DROP VIEW V＿addr＿enroll,V＿enroll,V＿addr

9. 在企业管理器中完成步骤 1～8，并与 T-SQL 操作进行对比。

● **实验要点**

1. 创建视图时 SELECT 语句的使用。
2. 视图定义的修改和通过视图修改表中数据的区别。
3. 视图定义的删除和通过视图删除表中数据的区别。
4. 视图（虚表）和基表的操作的区别。

SQL Server 存储过程管理

⊛ 实验目的

1. 理解并掌握使用向导创建存储过程并更新相应数据。
2. 理解并掌握使用 T-SQL 编程的方法。
3. 理解并掌握使用 T-SQL 语句创建一个存储过程并验证。
4. 理解并掌握创建和执行带参数的存储过程。
5. 熟练使用系统存储过程、系统函数。
6. 理解并掌握用在企业管理器中的管理存储过程。

⊛ 实验要求

1. 创建一个不带参数的存储过程。
2. 创建一个带参数的存储过程 c _ count。
3. 记录所使用的 T-SQL 语句。

⊛ 实验步骤

1. 写一个程序，计算 7～7 777 的和，SQL 代码如下所示：

```
DECLARE @i INT,@sum INT
SELECT @i = 7,
       @sum = 0
WHILE @i < = 7777
BEGIN
    SELECT @sum = @sum + @i,
        @i = @i + 1
```

```
END
PRINT '7 + 8 + 9 + 10 + … + 7777 = ' + CONVERT(VARCHAR, @sum)
```

2. 创建存储过程 pr ＿ enroll，返回指定学号（s ＿ no ）的学生选修课程信息，SQL 代码如下所示：

```
USE school
GO
CREATE PROCEDURE pr ＿ enroll
@account VARCHAR(20)
AS
    SELECT ＊
    FROM enrollment
    WHERE s ＿ no = @account
```

3. 执行存储过程 pr ＿ enroll 显示学号为 "200920002" 的学生的选修课程信息，SQL 代码如下所示：

```
USE school
EXEC pr ＿ enroll '200920002'
```

4. 在企业管理器中，对 pr ＿ enroll 进行如下的操作：

（1）查看其定义的文本。

打开 "SQL Server 企业管理器"，定位到 school 数据库，展开 school 数据库的对象，再定位到 "存储过程" 项，右击 pr ＿ enroll 存储过程，弹出快捷菜单，如图 9—1 所示。从快捷菜单中选择 "属性"，弹出 "存储过程属性－pr ＿ enroll" 对话窗口，如图 9—2 所示。

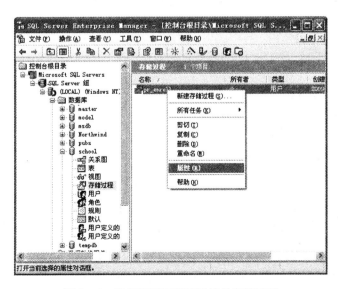

图 9—1　选择需要查看其属性的存储过程

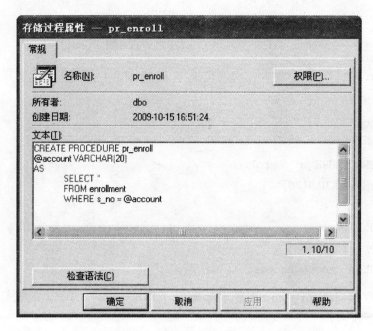

图 9—2　查看存储过程属性

（2）改名为 pr＿test。

打开"SQL Server 企业管理器"，定位到 school 数据库，展开 school 数据库的对象，再定位到"存储过程"项，右击 pr＿enroll 存储过程，弹出快捷菜单，从快捷菜单中选择"重命名"，将使存储过程 pr＿enroll 的名称进入编辑状态。将存储过程 pr＿enroll 的名称重命名为 pr＿test 后，SQL Server 系统将弹出"重命名"对话窗口，以提示用户是否使重命名存储过程有效，单击"是"确认重命名过程。

（3）改为返回该账号学生的个人信息。

打开"SQL Server 企业管理器"，定位到 school 数据库，展开 school 数据库的对象，再定位到"存储过程"项，右击 pr＿test 存储过程，弹出快捷菜单，如图 9—4 所示。从快捷菜单中选择"属性"，弹出"存储过程属性－pr＿test"对话窗口，然后修改文本框中的存储过程定义文本，如图 9—3 所示，修改后的代码如下：

```
CREATE PROCEDURE pr＿test
@account VARCHAR(20)
AS
    SELECT ＊
    FROM students
    WHERE s＿no = @account
GO
```

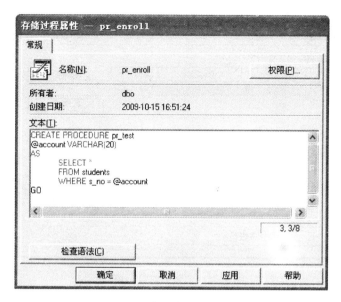

图 9—3　查看存储过程属性

（4）删除该存储过程。

打开"SQL Server 企业管理器"，定位到 school 数据库，展开 school 数据库的对象，再定位到"存储过程"项，右击 pr_test 存储过程，弹出快捷菜单，如图 9—4 所示。从快捷菜单中选择"删除"，弹出"除去对象"窗口，如图 9—5 所示。然后单击"全部除去"按钮，删除 school 数据库中与存储过程 pr_test 有关的全部信息。

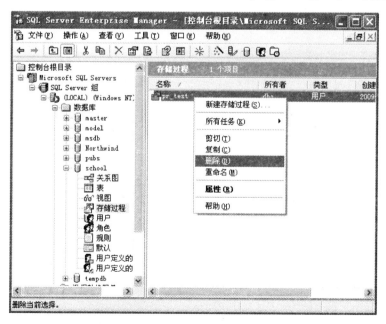

图 9—4　删除存储过程

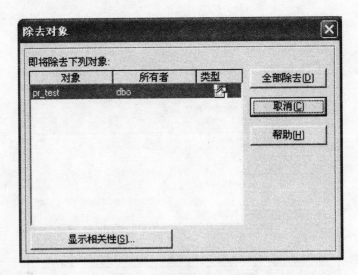

图 9—5 "除去对象"窗口

实验要点

1. 存储过程输入参数的使用。
2. 存储过程输出参数的使用。

SQL Server 数据完整性

实验目的

1. 了解约束的应用对数据完整性控制的作用。
2. 理解并掌握应用企业管理器设置、修改和删除常见约束的方法。
3. 理解并掌握应用 T-SQL 设置、修改和删除常见约束的方法。

实验要求

1. 在样例数据库中管理相关约束。
2. 记录所使用的 T-SQL 语句。

实验步骤

1. 使用不带约束的脚本创建 school 数据库（T-SQL）。

2. 使用修改表命令将 students 表的 s_address 设置为非空，添加如下记录，体会 NOT NULL 约束的使用。

200920008，杜十，男，1970-04-20，NULL，5500.0，888888

首先，在查询分析器中输入更新数据表 students 的 SQL 代码：

```
USE school
ALTER TABLE students
ALTER COLUMN s_address VARCHAR(50)NOT NULL
```

然后在键盘上按 F5 键或者用鼠标点击工具栏上的运行按钮 ▶，运行更新数据表的 SQL 代码，然后输入插入记录到数据表 students 的 SQL 代码：

```
USE school
```

```
INSERT INTO students
VALUES('200920008','杜十','男','1970-04-20',NULL,5500.0,'888888')
```

执行此段 SQL 插入记录代码后，将在结果框中显示以下消息，表示执行插入操作失败：

服务器：消息 515，级别 16，状态 2，行 1

无法将 NULL 值插入列's_address'，表'school.dbo.students'；该列不允许空值。INSERT 失败。

语句已终止。

3. 在 students 表中，将 s_no 设置为主键，添加如下记录，体会 PRIMARY KEY 约束的作用。

200920002，杜十，男，1970-04-20，天津市，5500.0，123456

首先，在查询分析器中输入更新数据表 students 的 SQL 代码：

```
USE school
ALTER TABLE students
ADD CONSTRAINT pk_students PRIMARY KEY(s_no)
```

然后在键盘上按 F5 键或者用鼠标点击工具栏上的运行按钮 ▶，运行更新数据表的 SQL 代码，然后输入插入记录到数据表 students 的 SQL 代码：

```
USE school
INSERT INTO students
VALUES('200920002','杜十','男','1970-04-20','天津市',5500.0,'123456')
```

执行此段 SQL 插入记录代码后，将在结果框中显示以下消息，表示执行插入操作失败：

服务器：消息 2627，级别 14，状态 1，行 1

违反了 PRIMARY KEY 约束'pk_students'。不能在对象'students'中插入重复键。

语句已终止。

4. 在 students 表中，为 s_name 增加 UNIQUE 约束，添加一条学生姓名为"张三"的记录，体会 UNIQUE 约束的作用。

200920009，张三，男，1970-04-20，天津市，5500.0，200920009

首先，在查询分析器中输入更新数据表 students 的 SQL 代码：

```
USE school
ALTER TABLE students
ADD CONSTRAINT un_name UNIQUE(s_name)
```

然后在键盘上按 F5 键或者用鼠标点击工具栏上的运行按钮 ▶，运行更新数据表的 SQL 代码，然后输入插入记录到数据表 students 的 SQL 代码：

```
USE school
INSERT INTO students
VALUES('200920009','张三','男','1970-04-20','天津市',5500.0,'200920009')
```

执行此段 SQL 插入记录代码后，将在结果框中显示以下消息，表示执行插入操作失败：

服务器：消息 2627，级别 14，状态 2，行 1

违反了 UNIQUE KEY 约束'un_name'。不能在对象'students'中插入重复键。

语句已终止。

5. 在 students 表中，为学生增加如下 CHECK 约束：

（1）性别只能为男或女；

（2）年龄在 15 到 60 岁之间。

再分别添加如下两条记录，体会 CHECK 的约束作用（T-SQL）。

200920010，萧十一，工，1960-04-20，天津市，3000.0，200920010

200920011，韩十二，女，1997-04-14，天津市，4400.0，200920011

首先，在查询分析器中依次输入两条更新数据表 students 的 SQL 代码：

```
USE school
ALTER TABLE students
ADD CONSTRAINT ck_sex CHECK(s_sex IN('男','女'))
```

```
USE school
ALTER TABLE students
ADD CONSTRAINT ck_age CHECK( (YEAR(GETDATE()) - YEAR(s_birth))BETWEEN 15
AND 60)
```

然后在键盘上按 F5 键或者用鼠标点击工具栏上的运行按钮 ▶，运行更新数据表的 SQL 代码，然后输入第一条插入到数据表 students 的记录的 SQL 代码：

```
USE school
INSERT INTO students
VALUES('200920010','萧十一','工','1960-04-20','天津市',3000.0,'200920010 ')
```

执行此段 SQL 插入记录代码后，将在结果框中显示以下消息，表示执行插入操作失败：

服务器：消息 547，级别 16，状态 1，行 1

INSERT 语句与 COLUMN CHECK 约束'ck_sex'冲突。该冲突发生于数据库'school'，表'students'，column 's_sex'。

语句已终止。

然后在键盘上按 F5 键或者用鼠标点击工具栏上的运行按钮 ▶，运行更新数据表的 SQL 代码，然后输入第二条记录到数据表 students 的插入的 SQL 代码：

```
USE school
INSERT INTO students
VALUES('200920011','韩十二','女','1997-04-14','天津市',4400.0,'200920011')
```

执行此段 SQL 插入记录代码后，将在结果框中显示以下消息，表示执行插入操作失败：

服务器：消息 547，级别 16，状态 1，行 1

INSERT 语句与 COLUMN CHECK 约束'ck_age'冲突。该冲突发生于数据库'school'，表'students'，column 's_birth'。

语句已终止。

6. 在 students 表和 enrollment 表之间创建关系，并将 enrollment 表的 s_no 设置为外键，体会 FOREIGN KEY 约束的作用。

```
USE school
ALTER TABLE enrollment
ADD CONSTRAINT fk_no FOREIGN KEY(s_no)
    REFERENCES students(s_no)
```

7. 为 students 表中的"性别"设置默认值为"女"，然后添加两条记录，体会 DE-FAULT 的约束作用（T-SQL 略）。

8. 依次删除以上约束。

```
ALTER TABLE students
DROP CONSTRAINT pk_students

ALTER TABLE students
DROP CONSTRAINT un_name

ALTER TABLE students
DROP CONSTRAINT ck_sex

ALTER TABLE students
DROP CONSTRAINT ck_age

ALTER TABLE students
DROP CONSTRAINT fk_no
```

9. 在企业管理器中完成步骤 1~8，并与 T-SQL 操作进行对比。

● 实验要点

1. 列约束与表约束的区别。

2. 各类约束实现数据完整性的方法。

SQL Server 触发器管理

实验目的

1. 了解触发器的触发过程和类型。
2. 通过执行 SQL 脚本，理解并掌握如何创建触发器并测试触发器。
3. 理解并掌握使用触发器维护数据完整性的方法。

实验要求

1. 按指定要求创建触发器。
2. 记录所使用的 T-SQL 语句。

实验步骤

1. 创建一个名为 tr _ age 的触发器，要求在插入和更新时检查 age 是否在 15～60，若不在 15～60，则弹出"年龄不在允许范围内"的提示信息，SQL 代码如下所示：

```
CREATE TRIGGER tr _ age
ON students
FOR INSERT,UPDATE
AS
    DECLARE @age INT
    SELECT @age = YEAR(GETDATE()) - YEAR(s _ birth)
    FROM inserted

    IF @age NOT BETWEEN 15 AND 60
```

```
BEGIN
    ROLLBACK TRANSACTION
    RAISERROR('年龄不在允许范围内',16,10)
END
```

创建完触发器 tr＿age 后，再按 F5 键执行以下更新数据表 students 的 SQL 代码：

```
UPDATE students
SET s＿birth = '2000-6-4'
WHERE s＿no = '200920006'
```

执行此段 SQL 更新记录代码后，将在结果框中显示以下消息，表示触发了数据表 students 中的触发器 tr＿age：

服务器：消息 50000，级别 16，状态 10，过程 tr＿age，行 15

年龄不在允许范围内

同样，执行以下插入数据表 students 的 SQL 代码，也一样会触发在数据表 students 中定义的触发器 tr＿age：

```
INSERT INTO students VALUES('200920077','李凯','女','1900-5-4','北京市',1000,'12345')
```

2. 基于"课程表"创建 AFTER INSERT 触发器 tr＿insert＿credit，实现新添记录数据时课程的学分限制在 5 以内，SQL 代码如下所示：

```
CREATE TRIGGER tr＿insert＿credit
ON courses
AFTER INSERT
AS
    DECLARE @credit money
    SELECT @credit = c＿credit
    FROM inserted

    IF @credit > 5
    BEGIN
        ROLLBACK TRANSACTION
        RAISERROR('课程学分超出范围',16,10)
    END
```

3. 查看所创建触发器的详细信息，SQL 代码如下所示：

```
USE school
EXEC sp＿helptrigger students
EXEC sp＿helptext tr＿age
EXEC sp＿helptrigger courses
```

```
EXEC sp_helptext tr_insert_credit
```

4. 添加如下记录，测试 tr_insert_credit 触发器的功能。

220104017，易筋经，2010-3-1，8，新课程

在查询分析器中输入如下插入记录到数据表 courses 的 SQL 代码：

```
INSERT INTO courses VALUES('220104017','易筋经','2010-3-1',8,'新课程')
```

然后在键盘上按 F5 键或者用鼠标点击工具栏上的运行按钮 ▶，运行插入记录到数据表的 SQL 代码，将触发在数据表中定义的触发器，在结果框中显示以下消息：

服务器：消息 50000，级别 16，状态 10，过程 tr_insert_credit，行 14
课程学分超出范围

5. 基于"课程表"创建 AFTER UPDATE 触发器 tr_update_credit，实现修改记录数据时课程的学分限制在 4 以内，SQL 代码如下所示：

```
CREATE TRIGGER tr_update_credit
ON courses
AFTER UPDATE
AS
    DECLARE @credit INT
    SELECT @credit = c_credit
    FROM inserted

    IF @credit > 4
    BEGIN
        ROLLBACK TRANSACTION
        RAISERROR('课程学分超出范围',16,10)
    END
```

6. 将课程号为"22010401"的学分修改为 5，测试 tr_update_credit 触发器的功能（T-SQL）。

在查询分析器中输入如下更新数据表 courses 中记录的 SQL 代码：

```
USE school
UPDATE courses
SET c_credit = 5
WHERE c_no = '22010401'
```

然后在键盘上按 F5 键或者用鼠标点击工具栏上的运行按钮 ▶，运行插入记录到数据表的 SQL 代码，将触发在数据表中定义的触发器，在结果框中显示以下消息：

服务器：消息 50000，级别 16，状态 10，过程 tr_update_credit，行 14

课程学分超出范围

7. 在企业管理器中完成步骤1～6，并与 T-SQL 操作进行对比。

✦ 实验要点

1. 触发器的类型。
2. 触发器和约束的区别。

SQL Server 数据备份/恢复

实验目的

1. 了解备份与恢复的重要性。
2. 了解数据库备份的过程和属性设置。
3. 理解并掌握应用企业管理器备份和恢复数据库。
4. 理解并掌握应用 T-SQL 备份和恢复数据库。
5. 理解并掌握备份设备的概念与使用。
6. 理解并掌握数据导入/导出的方法。

实验要求

1. 创建指定数据库的备份。
2. 恢复数据库中数据到某一正确状态。
3. 将 school 数据库中数据导出到 Access 数据库 school. mdb（文件夹为 D：\ data）。
4. 记录所使用的 T-SQL 语句。

实验步骤

1. 对 school 数据库进行一次完全备份，备份到磁盘文件 D：\ 备份. bak。

（1）打开 SQL Server 企业管理器的"管理"文件夹，用鼠标右键单击此文件夹下的"备份"图标，从弹出的快捷菜单中选择"新建备份设备"命令，如图 12—1 所示，将弹出"备份设备属性"对话窗口。在"名称"文本框中输入备份设备的名称 myDev，然后选择备份设备类型。选择"文件名"，表示使用硬盘做备份，点击"…"按钮，将打开"备份设置位置"对话窗口，如图 12—2 所示。选择备份位置为"D：\"，输入文件名"备份. bak"，单击"确定"回到"备份设备属性"对话窗口，如图 12—3 所示，再单击"确定"即可完成新建备份设备。

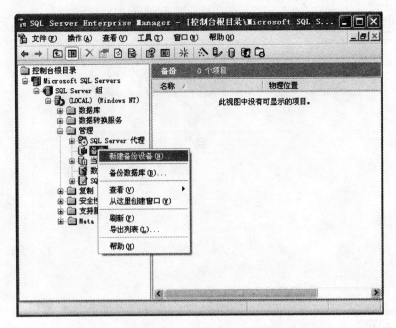

图 12—1 选择"新建备份设备"

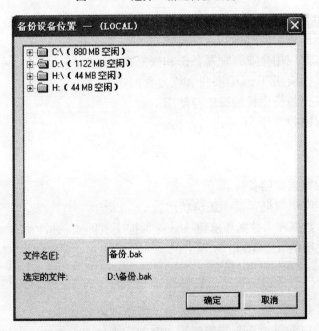

图 12—2 选择备份设置位置

（2）在企业管理器中展开"数据库"文件夹，用鼠标右键单击要进行备份的 school 数据库，将打开快捷菜单，如图 12—4 所示。从弹出的快捷菜单中选择"所有任务"，再选择"备份数据库"项，打开如图 12—5 所示的"备份"对话窗口。

（3）在"备份"对话窗口的"常规"选项卡中，选择要进行备份的类型"数据库—完全"选项，以进行数据库的完全备份。

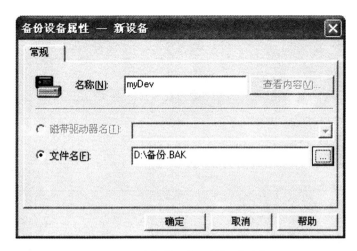

图 12—3　"备份设备属性"对话窗口

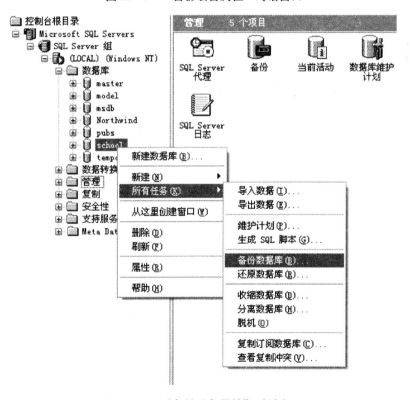

图 12—4　"备份设备属性"对话窗口

（4）单击"添加"按钮，系统会打开"选择备份目的"对话窗口，可以选择"文件名"单选按钮，并给出文件名和路径，或者选择"备份设备"单选按钮，从已经建立的备份设备中选择备份设备。这里我们选择前面创建好的备份设备 myDev，如图 12—6 所示。完成后，单击"确定"按钮返回。

（5）单击图 12—5 中的"确定"按钮，系统开始备份指定的数据库。

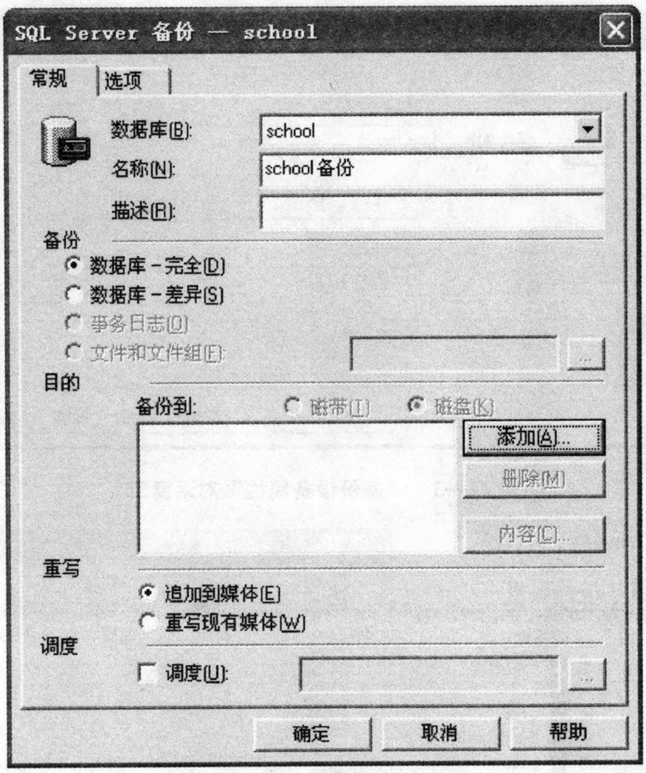

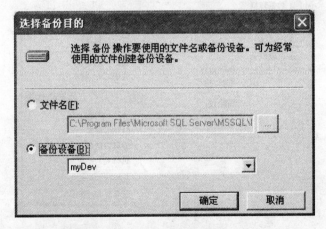

图 12—5 "备份"对话框

图 12—6 "选择备份目的"对话框

2. 数据库管理员在某天不小心误删了 courses 表,现在需要把 school 数据库恢复到正确状态,请利用步骤 1 中备份对 school 数据库进行还原。用三种方式实现。

方法 1:使用 SQL Server 企业管理器恢复数据库

(1) 依次展开 SQL Server 组、SQL Server 注册,然后用鼠标右键单击"数据库"项,将弹出快捷菜单,从快捷菜单中选择"所有任务"子菜单,如图 12—7 所示,然后单击"还原数据库"项,打开如图 12—8 所示的"还原数据库"对话窗口。

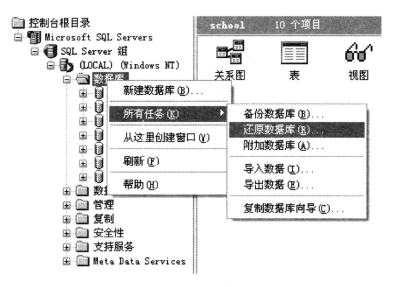

图 12—7 选择"还原数据库"

图 12—8 "还原数据库"对话窗口

（2）在"还原数据库"对话窗口中，从"还原为数据库"下拉框中选择 school 数据库，从"显示数据库备份"下拉框中选择 school 数据库的备份，在"还原"列表中，选中需要还原的数据库备份，其余采用默认项。

（3）单击"确定"按钮，完成还原操作。

方法 2：使用 RESTORE 恢复数据库

在 SQL Server 查询分析器中输入以下 SQL 代码，将使用备份文件"D：\ 备份. bak"恢复 school 数据库：

```
USE master
RESTORE DATABASE school
FROM myDev
```

也可以指定从备份设备 myDev 的第 1 个备份中恢复，SQL 代码如下所示：

```
USE master
RESTORE DATABASE school
FROM myDev
WITH FILE = 1
```

方法 3：使用事务日志恢复数据库

使用事务日志恢复数据库需要首先进行全库备份恢复，SQL 代码如下所示：

```
USE master
RESTORE DATABASE school
FROM myDev
WITH FILE = 1, NORECOVERY
```

然后进行一次差异备份恢复，SQL 代码如下所示：

```
USE master
RESTORE LOG school
FROM myDev
WITH FILE = 1, NORECOVERY
```

3. 使用 T-SQL 语句实现数据恢复。

在 SQL Server 查询分析器中输入以下 SQL 代码，以完成数据恢复：

```
USE master
RESTORE DATABASE school
FROM myDev
```

4. 使用企业管理器实现数据恢复（直接用文件名，不用备份设备）。

5. 使用企业管理器实现数据恢复（用备份设备）。

6. 建立空数据库 school. mdb。

在 Microsoft Access 2000 中创建一个空的数据库，数据库名称为"school"。

7. 使用数据导入/导出功能将 school 数据库导出到 school. mdb（D：\ school. mdb）。

◉ 实验要点

1. 备份策略的选择。

2. 数据恢复的时机。

3. 先建立好空数据库，再实现数据导出功能。

SQL Server 综合练习

实验目的

1. 深入理解并掌握 SQL Server 2000 数据库及其组成。
2. 熟练掌握主要数据库对象的操作。
3. 提高应用企业管理器管理 SQL Server 2000 数据库的能力。
4. 提高 T-SQL 语句的编写能力。
5. 明确数据库管理的主要功能。

实验要求

1. 创建一个数据库及数据库中对象。
2. 记录所使用的 T-SQL 语句。

实验步骤

1. 打开查询分析器，以 T-SQL 语句完成后续操作。
2. 以默认方式创建数据库 school。

在查询分析器中输入如下创建数据库 school 的 SQL 代码：

```
CREATE DATABASE school
```

3. 创建 school 数据库中表 students、courses 和 enrollment（注意添加列和表的约束）。

在查询分析器中输入以下 SQL 代码以分别创建数据表 students、courses 和 enrollment 及其相应的约束：

```
USE school
```

```
CREATE TABLE students
(
    s _ no VARCHAR(20)PRIMARY KEY,
    s _ name VARCHAR(20),
    s _ sex CHAR(2),
    s _ birth DATETIME,
    s _ address VARCHAR(50),
    s _ account MONEY,
    s _ password VARCHAR(20)
)
GO
CREATE TABLE courses
(
    c _ no CHAR(10)PRIMARY KEY,
    c _ name VARCHAR(30),
    c _ date DATETIME,
    c _ credit INT,
    c _ information VARCHAR(50)
)
GO
CREATE TABLE enrollment
(
    s _ no VARCHAR(20),
    c _ no CHAR(10),
    e _ score INT,
    e _ date DATETIME,
    e _ register _ state CHAR(1),
    e _ check _ state CHAR(1),
    e _ test _ state CHAR(1)
    CONSTRAINT pk _ Enrollment _ sNo _ cNo _ eDate PRIMARY KEY(s _ no,c _ no,e _
    date),
    CONSTRAINT fk _ Enrollment _ sNo FOREIGN KEY(s _ no)
        REFERENCES students(s _ no),
    CONSTRAINT fk _ Enrollment _ cNo FOREIGN KEY(c _ no)REFERENCES courses(c _ no)
)
GO
```

4. 创建课程学分不能超过 5 的触发器 t _ credit。

当插入或更新数据表 courses 时，如果学分超过 5，则弹出消息"学分不合法"，创建该触发器的 SQL 代码如下所示：

```
CREATE TRIGGER t_credit
ON courses
FOR INSERT,UPDATE
AS
    DECLARE @credit INT
    SELECT @credit = c_credit
    FROM inserted

    IF @credit > 5
    BEGIN
        ROLLBACK TRANSACTION
        RAISERROR('学分不合法',16,10)
    END
```

5. 创建年龄在 15～100 的触发器 t_birth。

当插入或更新数据表 students 时，如果年龄不在 15～100，则弹出消息"年龄不合法"。创建该触发器的 SQL 代码如下所示：

```
CREATE TRIGGER t_birth
ON students
FOR INSERT,UPDATE
AS
    DECLARE @age INT
    SELECT @age = YEAR(GETDATE()) - YEAR(s_birth)
    FROM inserted

    IF @age NOT BETWEEN 15 AND 100
    BEGIN
        ROLLBACK TRANSACTION
        RAISERROR('年龄不合法',16,10)
    END
```

6. 往各表中添加样例数据，验证约束和触发器对数据完整性的作用。

分别向数据表 students、courses 和 enrollment 中添加样例数据，SQL 代码如下所示：

```
USE school
INSERT INTO students VALUES('200920001','张三','女','1982-03-24','北京市',
8200.0,'200920001')
```

INSERT INTO students VALUES('200920003','王五','男','1976-10-21','天津市',4500.0,'2009200030826')

INSERT INTO students VALUES('200920002','李四','男','1976-07-23','天津市',3500.0,'200920002')

INSERT INTO students VALUES('200920004','赵六','女','1974-08-26','长春市',4000.0,'2009200040806')

INSERT INTO students VALUES('200920005','钱七','男','1975-07-23','天津市',4300.0,'200920005')

INSERT INTO students VALUES('200920006','吴八','男','1972-12-14','天津市',5500.0,'200920006')

INSERT INTO courses VALUES('22010401','高等数学','2009-03-01',7,8000.0,'基础课')

INSERT INTO courses VALUES('22010402','高等代数','2009-03-01',1000,8.6,'基础课')

INSERT INTO courses VALUES('22010403','大学物理','2009-03-01',43,15.0,'基础课')

INSERT INTO courses VALUES('22010404','计算机基础','2009-03-01',22,6.0,'基础课')

INSERT INTO courses VALUES('22010405','程序设计','2009-03-01',10,1586.0,'专业课')

INSERT INTO courses VALUES('22010406','操作系统','2009-03-01',10,586.0,'专业课')

INSERT INTO courses VALUES('22010407','数据库应用','2009-03-01',100,450.0,'专业课')

INSERT INTO courses VALUES('22010408','数据结构','2009-03-01',10,850.0,'专业课')

INSERT INTO courses VALUES('22010409','计算机网络','2009-03-01',100,550.0,'专业课')

INSERT INTO courses VALUES('22010410','人工智能','2009-03-01',100,350.0,'专业课')

INSERT INTO enrollment VALUES('200920001','22010410',2,'2009-3-12','1','0','0')
INSERT INTO enrollment VALUES('200920001','22010410',1,'2009-3-10','1','1','1')
INSERT INTO enrollment VALUES('200920003','22010407',1,'2009-3-10','0','0','0')
INSERT INTO enrollment VALUES('200920003','22010410',2,'2009-3-12','1','1','1')
INSERT INTO enrollment VALUES('200920003','22010410',2,'2009-3-10','1','1','1')
INSERT INTO enrollment VALUES('200920002','0140810324',1,'2009-3-9','0','0','0')

```
INSERT INTO enrollment VALUES('200920002','22010407',1,'2009-3-9','1','1','0')
INSERT INTO enrollment VALUES('200920002','22010410',2,'2009-3-9','1','1','0')
INSERT INTO enrollment VALUES('200920004','22010407',1,'2009-3-10','1','0','0')
INSERT INTO enrollment VALUES('200920006','22010406',2,'2009-3-12','1','1','0')
```

但是当输入以下插入数据的 SQL 代码：

```
INSERT INTO courses VALUES('22010410', '人工智能', '2009-03-01', 100, 10350.0,
'专业课')
```

并执行此段 SQL 插入数据代码后，将在结果框中显示以下消息，表示触发了数据表 courses 中的触发器 t_credit：

服务器：消息 50000，级别 16，状态 10，过程 t_credit，行 15

学分不合法

7. 查询地址为"天津市"的学生的详细信息，SQL 代码如下所示：

```
USE school
SELECT *
FROM students
WHERE s_address = '天津市'
```

8. 查询注册了课程号"22010410"的学生的姓名、课程号、注册日期和课程成绩，SQL 代码如下所示：

```
USE school
SELECT s_name, c_no, e_date, e_score
FROM students, enrollment
WHERE students.s_no = enrollment.s_no
    AND c_no = '22010410'
```

9. 查询注册了课程号"22010410"的学生的姓名、课程名称、注册日期和课程成绩，SQL 代码如下所示：

```
USE school
SELECT s_name, c_name, e_date, e_score
FROM students, enrollment, courses
WHERE students.s_no = enrollment.s_no
    AND courses.c_no = enrollment.c_no
    AND enrollment.c_no = '22010410'
```

10. 查询综合成绩排列前 3 的学生学号和其综合成绩（成绩×学分），SQL 代码如下所示：

```
USE school
SELECT TOP 3 enrollment.s_no, total = e_score * c_credit
```

```
FROM enrollment,courses
WHERE enrollment. c _ no = courses. c _ no
ORDER BY total DESC
```

11. 创建包括学生名称、课程名称、注册时间和课程成绩的视图 v _ studentinfo，
SQL 代码如下：

```
USE school
CREATE VIEW v _ studentinfo
AS
    SELECT s _ name, c _ name, e _ date, e _ score
    FROM students, enrollment, courses
    WHERE students. s _ no = enrollment. s _ no
      AND enrollment. c _ no = courses. c _ no
```

12. 在视图 v _ studentinfo 中查询注册日期在"2009 - 3 - 10"以后的选课记录，
SQL 代码如下所示：

```
USE school
SELECT *
FROM VIEW v _ studentinfo
WHERE e _ date > '2009 - 3 - 10'
```

13. 创建包括课程名称和课程综合成绩的视图 v _ courseinfo，SQL 代码如下所示：

```
USE school
CREATE VIEW v _ courseinfo
AS
    SELECT c _ name, total = e _ score * c _ credit
    FROM enrollment, courses
    WHERE enrollment. c _ no = courses. c _ no
```

14. 创建根据指定日期和课程号显示课程注册总量和综合成绩（成绩×学分）的存
储过程 c _ date _ courseinfo，SQL 代码如下所示：

```
USE school
CREATE PROCEDURE c _ date _ courseinfo
@date DATETIME,
@pno CHAR(10)
AS
BEGIN
    SELECT e _ score, total = e _ score * c _ credit
    FROM enrollment, courses
```

```
    WHERE enrollment.c_no = courses.c_no
        AND e_date = @date
        AND enrollment.c_no = @pno
END
```

15. 执行存储过程 c_date_courseinfo 以查看课程号为"22010410"的课程在"2009-3-10"的注册情况。

```
USE school
EXEC c_date_courseinfo '2009-3-10','22010410'
```

16. 将数据库备份到 F：\ BAK。

（1）在查询分析器中输入以下 SQL 代码，以新建逻辑备份设备：

```
USE school
EXEC sp_addumpdevice 'disk', 'myDev', 'F:\ BAK \ schoolbak.bak'
```

（2）将数据库 school 完全备份到备份设备 myDev 中。

```
BACKUP DATABASE school
    TO myDev
```

17. 删除数据库中的 enrollment 表，尝试从备份数据库恢复数据，并验证恢复情况。

（1）删除数据表 enrollment，SQL 代码如下所示：

```
USE school
DROP TABLE enrollment
```

（2）从备份设备 myDev 中的第一个文件还原完整数据库备份，SQL 代码如下所示：

```
USE master
RESTORE DATABASE school
    FROM myDev
    WITH FILE = 1
```

18. 使用企业管理器完成步骤 2～17。

实验要点

1. 如果实验某个步骤中指定的文件夹不存在，请事先创建好相关文件夹再做。
2. 本实验作为综合练习，要相对连续地完成本实验各步骤。
3. 要求熟练记忆和操作本实验中所涉及的 T-SQL 语句。

第 3 部分

习题参考答案

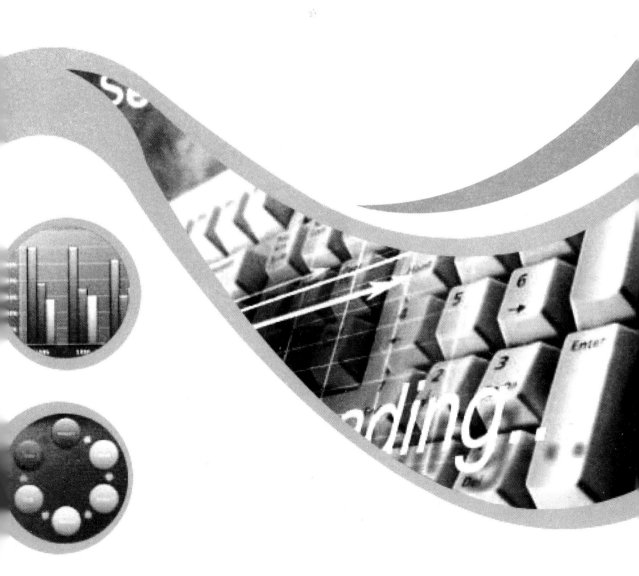

第1章 数据库系统基础知识

一、选择题

1. B	2. B	3. B	4. C
5. A	6. C	7. C	8. D
9. D	10. C	11. D	12. D
13. B	14. A	15. B	16. B
17. D	18. C		

二、简答题

略。

第2章 关系数据库系统

一、选择题

1. B	2. B	3. D	4. A
5. B	6. B	7. A	8. C
9. B	10. C	11. B	12. C
13. B	14. C	15. C	16. A

二、简答题

略。

第3章 SQL Server 数据库应用基础

一、选择题

1. D	2. B	3. D	4. D
5. B	6. A	7. B	8. B
9. B	10. B	11. B	12. D
13. C			

二、填空题

1. mdf，ndf，ldf
2. sp_，sys
3. 未指定组的文件
4. 物理文件名，逻辑文件名
5. 数据库建立者

三、判断题

1. B   2. A   3. B   4. A

5. A   6. A   7. A

四、简答题

略。

五、操作题

1.

```
CREATE DATABASE db_1
ON PRIMARY
  (NAME = data_1,
FILENAME = 'e:\sql_data\db_1.mdf',
SIZE = 1M,
MAXSIZE = unlimited,
FILEGROWTH = 10%)
LOG ON
  (NAME = log_1,
FILENAME = 'e:\sql_data\db_1.ldf',
SIZE = 1,
MAXSIZE = 5,
FILEGROWTH = 1)
```

2.

(1)

```
ALTER DATABASE db_1
Add file
  (NAME = data_2,
FILENAME = 'e:\sql_data\db_2.ndf',
SIZE = 1M,
MAXSIZE = 10M,
FILEGROWTH = 10%)
```

(2)

```
ALTER DATABASE db_1
```

```
Modify file
  (NAME = data _ 2,
SIZE = 5M)
```

（3）

```
ALTER DATABASE db _ 1
Remove file data _ 2
```

第4章　关系数据库标准语言 SQL

一、选择题

1. B	2. A	3. C	4. D
5. C	6. D	7. A	8. C
9. B	10. C	11. B	12. A
13. D	14. A	15. B	16. D
17. D	18. D	19. B	20. A
21. D	22. A	23. B	24. D
25. B			

二、填空题

1. 结构化查询语言
2. 结构化查询语言、数据定义语言、数据操纵语言、数据控制语言
3. 数据定义　数据控制
4. SELECT
5. WHERE \ GROUP BY \ ORDER BY
6. R. A＝S. A
7. 表或关系
8. '张％＿％'

三、判断题

1. A	2. B	3. A	4. A

四、简答题

1.

（1）综合统一。SQL 语言集数据定义语言 DDL、数据操纵语言 DML、数据控制语言 DCL 的功能于一体。

（2）高度非过程化。用 SQL 语言进行数据操作，只需要提出"做什么"，而无需指明"怎么做"，因此无需了解存取路径，存取路径的选择以及 SQL 语句的操作过程由系统自动完成。

（3）面向集合的操作方式。SQL 语言采用集合操作方式，不仅操作对象、查找结果可以是元组的集合，而且一次插入、删除、更新操作的对象也可以是元组的集合。

（4）以同一种语法结构提供两种使用方式。SQL 语言既是自含式语言，又是嵌入式语言。作为自含式语言，它能够独立地用于联机交互，也能够嵌入到高级语言程序中，供程序员设计程序时使用。

（5）语言简洁，易学易用。

2. SQL 的数据定义功能包括定义表、定义视图和定义索引。SQL 语言使用 CREATE TABLE 语句建立基本表，ALTER TABLE 语句修改基本表定义，DROP TABLE 语句删除基本表；使用 CREATE INDEX 语句建立索引，DROP INDEX 语句删除索引；使用 CREATE VIEW 命令建立视图，DROP VIEW 语句删除视图。

五、操作题

1.

（1）INSERT INTO T VALUES('08001', '李明', '男', 21, '08001')

（2）INSERT INTO T(NO, NAME, CLASS)VALUES('08002', '王凡', '08')

（3）UPDATE T SET NAME = '王华' WHERE NO = '08003'

（4）UPDATE T SET CLASS = '09' WHERE CLASS = '08'

（5）DELETE FROM T WHERE NO = '08002'

（6）DELETE FROM T WHERE NAME LIKE '王%'

2.

（1）GRANT INSERT ON S TO 张三 WITH GRANT OPTION.

（2）GRANT SELECT, UPDATE ON S TO 李明.

3.

（1）select distinct zgmc from Zhigong

（2）select top 3 zgh, zgmc gz from Zhigong order by gz desc

（3）select count(distinct gzzw)from Zhigong

（4）select zgh, gz * 10% from Zhigong

（5）select bmh, zgh, gz from Zhigong order by zgh, bmh desc

（6）select zgh, zgmc from Zhigong where gzrq>'2000-10-1'

（7）select zgh, zgmc from Zhigong where zgmc like '王%'

（8）select count(*)from Zhigong

（9）select count(*)from Zhigong group by bmh

（10）select max(gz), avg(gz)from Zhigong group by bmh

（11）select bmh, bmmc from Bumen where bmh in

     （select bmh from Zhigong group by bmh having count(*)<4）

（12）select zgh, zgmc from Zhigong where bmh in

     （select bmh from Bumen where bmszd = '北京 '）

（13）select zgh, zgmc from Zhigong z1 where gz>

(select avg(gz)from Zhigong z2 where z2. bmh = z1. bmh)

4.

(1)title _ id | price－price ＊ 0. 2＞12

(2)title _ id | price between $ 15 and $ 20

(3)title _ id | price ＜ $ 15 or price ＞ $ 20

(4)au _ name | state not in

(5)type, avg(price) | group by type

(6)不能

(7)avg(price) | price＞10 | type

(8)avg(price) | price＞10 | type | avg(price)＞18

(9)au _ name | au _ name desc

(10)price＊ytd _ sales | 销售额 desc

(11)price＞ (select avg(price)from Titles)

(12)au _ id in (select au _ id from Titleauthor)

(13)Titles. title _ id = Titleauthor. title _ id

(14)Titles. title _ id = Titleauthor. title _ id and Authors. au _ id = Titleauthor. au _ id

(15)Titles. title _ id ＊ = Titleauthor. title _ id and Authors. au _ id ＊ = Titleauthor. au _ id

(16)a1. au _ lname = a2. au _ lname a1. au _ id＜＞ a2. au _ id

(17)ytd _ sales ＞ (select avg(ytd _ sale)from titles)

(18)au _ id like '[5－9][1－4]％'

(19)au _ id like '72[345]－％'

(20)au _ id like '72 _ － ％'

(21)au _ name like 'D％'

(22)char(10)primary key

(23)alter column au _ name char(20)not null

(24)Authors values('00200', 'Sam', null, null)

(25)set phone = '1080123456'where au _ id = '00200'

(26)Authors where au _ id = '00200'

5.

(1)Aelect c1. cname, c2. cpno from Course c1, Course c2 where c1. cp no = c2. cno

(2)Select sno From Sc Where cno = '003' and grade ＞
　　(Select avg(grade) from Sc where cno = '003')

(3)Select avg(grade), max(grade)From Sc Group by cno

(4)Select sname, sdept From Student Where sno in
　　(Select sno From Sc Where cno in
　　(Select cno From Course Where cname = '数据库'))

　　或者

Select sname, sdept

From Student, Sc, Course

Where Student. sno = Sc. sno and Sc. cno = Course. cno and cname = '数据库'

(5)Select count(*)From Student Where birth is null

(6)Select sname, grade From Student, Course , Sc

Where Student. sno = Sc. sno and Sc. cno = Course. cno

and sname like '张 %' and cname = '数学'

Order by grade desc

(7)Select sno, sname, cname, grade

From Student, Course , Sc

Where Student. sno = Sc. sno and

Sc. cno = Course. cno

(8)Select sno From Sc Group by sno Having avg(grade)>87

(9)Select sno From Sc Group by sno Having count(cno)>2

(10)Select sno, cno, grade

From Sc

Where sno in (select sno

From Student

Where sdept = '计算机'and

ssex = '男' and

Year(birthday)>'1982')

(11)Select count(*)from Student, Course

6.

(1)Select * from P

(2)Select * from J where CITY = '上海'

(3)Select PNO from P where WEIGHT = (select min(WEIGHT)from P)

(4)Select SNO from SPJ where JNO = 'J1'

(5)Select SNO from SPJ where JNO = 'J1' AND PNO = 'P1'

(6)Select JNAME from J where JNO in (select distinct JNO from SPJ where SN = 'S1')

(7)Select distinct color From P Where PNO in

(select PNo from SPJ where SNO = 'S1')

(8)Select SNO from SPJ where JNO = 'J1' OR JNO = 'J2'

(9)Select SNO from SPJ where JNO = 'J1' and PNO in (Select PNO from P where COLOR = '红')

(10)Select distinct SNO from SPJ Where JNO in

(Select JNO from J where CITY = '上海')

(11)Select SNO from SPJ Where

　　　　JNO in (Select JNO from J where CITY = '上海')AND

　　　　PNO in (select PNO from P where COLOR = '红')

(12)Select SPJ. PNO from S, J, SPJ

　　　　Where S. SNO = SPJ. SNO and J. JNO = SPJ. JNO and S. CITY = J. CITY

(13)Select PNO from SPJ where

　　　　JNO in(Select JNO from J where CITY = '上海')AND

　　　　SNO in (Select SNO from S where CITY = '上海')

(14)Select distinct SPJ. JNO from S, J, SPJ

　　　　Where S. SNO = SPJ. SNO and J. JNO = SPJ. JNO and S. CITY<>J. CITY

(15)Select JNO from J where JNO not in

　　　　(Select distinct JNO from SPJ

　　　　Where SNO in (Select SNO from S where CITY = '上海'))

(16)Select SNO, SUM(QTY)from SPJ group by SNO

(17)Select SNO, SUM(QTY)from SPJ group by SNO

　　　　having SUM(QTY)> = all(Select SUM(QTY)from SPJ group by SNO)

(18)Select SNAME, JNAME , PNAME from S, J, P, SPJ

　　　　Where S. SNO = SPJ. SNO and J. JNO = SPJ. JNO AND P. PNO = SPJ. PNO

(19)update S set COLOR = '绿色'where COLOR = '红色 '

(20)UPDATE SPJ SET SNO = S2 WHERE JNO = J1 AND SNO = S1 AND PNO = P1

(21)create table J(JNO CHAR(10)PRIMARY KEY, JNAME CHAR(10), CITY CHAR(10))

(22)alter table S drop column STATUS

(23)create table J(JNO CHAR(10)PRIMARY KEY , JNAME CHAR(10), CITY CHAR(10))

(24)alter table S drop column STATUS

(25)alter table J Alter column JNAME char(20)not null

(26)insert into P values('003', '齿轮', null, null)

(27)update P set COLOR = 'red'where PNO = '003'

(28)delete from P where COLOR = 'yellow'

第5章　SQL Server 数据库对象管理

一、选择题

1. C	2. B	3. A	4. C
5. B	6. D	7. A	8. B

二、填空题

1. 基本表或视图，定义

2. 命令调用，事件

3. 会，不会

4. 一

5. 服务器

三、判断题

1. A   2. A   3. A   4. B

四、简答题

1.

（1）视图能够简化用户的操作。

（2）视图使用户能以多种角度看待同一数据。

（3）视图为重构数据库提供了一定程度的逻辑独立性。

（4）视图能够对机密数据提供安全保护。

2. 不是。视图是不实际存储数据的虚表，因此对视图的更新，最终要转换为对基本表的更新。因为有些视图的更新不能唯一地有意义地转换成对相应基本表的更新，所以，并不是所有的视图都是可更新的。

五、操作题

1.

（1）create au ＿ title ＿ view

As select au ＿ name, Authors. title ＿ id, title

From Titles, Authors, Titleauthor

Where Titles. title ＿ id = Titleauthor. title ＿ id and Authors. au ＿ id = Titleauthor. au ＿ id

（2）create index state ＿ index on Authors(state)

（3）create trigger del ＿ tri

On Titleauthor for delete as print '图书 ＿ 作者表上删除了信息'

（4）create procedure junjia ＿ proc

Declare @x numeric(8,2)

As set @x = (select avg(price)from Titles)

If @x＞15

Print' 平均价格高于 15'

Else Print @x

2.

（1）create SJ ＿ view

As select S. SNO, J. JNO, S. CITY

From S, J, SPJ

Where S. SNO = SPJ. SNO AND SPJ. JNO = J. JNO AND S. CITY = J. CITY

(2)create index city _ index on S(city)

(3)create trigger del _ tri

　　On SPJ for delete as print '供应关系表中删除了数据'

(4)create procedure qty _ proc

　　Declare @x int

　　As set @x = (select sum(qty)from SPJ)

　　Print'所有零件一共使用:'

　　Print @x

第 6 章　事务和锁

一、选择题

1. A　　　　2. C　　　　3. B　　　　4. C

5. B　　　　6. C　　　　7. A　　　　8. C

9. C　　　　10. C　　　　11. D　　　　12. D

二、填空题

1. BEGIN TRANSACTION，COMMIT，ROLLBACK

2. 原子性（Atomicity），一致性（Consistency），隔离性（Isolation），持续性（Durability），ACID

3. 丢失修改，不可重复读，"脏"读数据，幻象读

4. 封锁对象的大小

三、简答题

1. 封锁就是事务 T 在对某个数据对象（例如表、记录等）操作之前，先向系统发出请求，对其加锁。加锁后事务 T 就对该数据对象有了一定的控制，在事务 T 释放它的锁之前，其他的事务不能更新此数据对象。

2. 数据库是共享资源，通常有许多个事务同时在运行。当多个事务并发地存取数据库时就会产生同时读取和/或修改同一数据的情况。若对并发操作不加控制就可能会存取和存储不正确的数据，破坏数据库的一致性。

3. 排他锁（Exclusive Locks，简称 X 锁）和共享锁（Share Locks，简称 S 锁）。排他锁又称为写锁。若事务 T 对数据对象 A 加上 X 锁，则只允许 T 读取和修改 A，其他任何事务都不能再对 A 加任何类型的锁，直到 T 释放 A 上的锁。

　　共享锁又称为读锁。若事务 T 对数据对象 A 加上 S 锁，则事务 T 可以读 A 但不能修改 A，其他事务只能再对 A 加 S 锁，而不能加 X 锁，直到 T 释放 A 上的 S 锁。

四、操作题

略。

第 7 章 SQL Server 数据库备份与恢复

一、选择题

1. B   2. D   3. A

二、简答题

1. 日志文件是用来记录事务对数据库的更新操作的文件。设立日志文件的目的是：进行事务故障恢复；进行系统故障恢复；协助后备副本进行介质故障恢复。

2. 完整数据库备份，它备份包括事务日志的整个数据库。差异数据库备份，在完整数据库备份之间执行差异数据库备份。

三、操作题

略。

第 8 章 SQL Server 数据库安全性

一、选择题

1. A   2. D   3. D   4. B
5. C   6. B   7. B   8. D
9. B   10. B

二、简答题

1. SQL Server 服务未启动；登录的口令输入不正确；设置为"仅 Windows 方式启动"。

2. 对登录服务器具有相同的访问权限的登录账户组称为服务器角色；对应用数据库具有相同操作权限的数据库用户组称为数据库角色。

某一角色可以包含若干个用户，而同一个用户也可以属于不同的角色；在同一个角色内的所有用户具有相同的访问和操作权限。

3. SQL Server 支持三级安全层次：

（1）SQL Server 登录（账户、固定服务器角色）；

（2）数据库库的访问（用户/角色：固定/自定义角色）；

（3）数据库中对象（表/视图等）的权限（select，insert，update，delete）。

4.

（1）用户标识和认证；

（2）访问控制；

（3）视图机制；

（4）审计方法；

（5）数据加密。

第 9 章　数据库设计

一、选择题

1. C	2. B	3. B	4. C
5. B	6. D	7. D	8. C

二、简答题

1. 符合 3NF 的关系模式，要求不存在非码属性对码的部分依赖和传递依赖。

关系模式 R（U，F）中存在姓名、学号对码（学号，课程号）的部分依赖，存在系主任对码的传递依赖。

将 R（U，F）分解为如下三个关系模式：

{学号，姓名，所在系}

{所在系，系主任}

{学号，课程号，成绩}

三个关系模式中，不存在非码属性对码的部分依赖和传递依赖。

2.

（1）需求分析；

（2）概念结构设计；

（3）逻辑结构设计；

（4）物理结构设计；

（5）数据库实施；

（6）数据库运行与维护。

第4部分

综合试卷

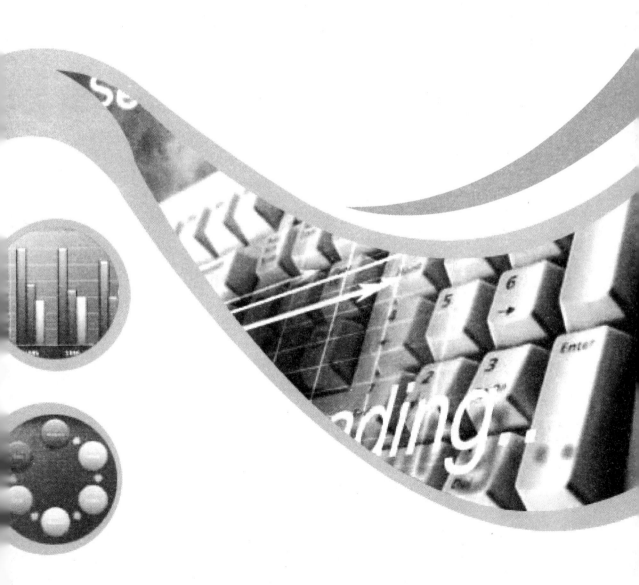

《数据库技术与应用》综合试卷 1

一、选择题（每小题 1 分，共 10 分）

1. 下列四项中，不属于 SQL 2000 实用程序的是（　　）。

A. 企业管理器　　　　　　　　　B. 查询分析器

C. 服务管理器　　　　　　　　　D. 媒体播放器

2. SQL Server 安装程序创建 4 个系统数据库，下列哪个不是？（　　）

A. master　　　B. model　　　C. pub　　　D. msdb

3. 下列哪个不是数据库对象？（　　）

A. 数据模型　　B. 视图　　　　C. 表　　　　D. 用户

4. 下列哪个不是 SQL 数据库文件的后缀？（　　）

A. . mdf　　　　B. . ldf　　　　C. . tif　　　D. . ndf

5. 在 SQL 中，建立表用的命令是（　　）。

A. CREATE TABLE　　　　　　　B. CREATE RULE

C. CREATE VIEW　　　　　　　　D. CREATE INDEX

6. SQL 语言中，条件"年龄 BETWEEN 40 AND 50"表示年龄在 40～50，且（　　）。

A. 包括 40 岁和 50 岁　　　　　　B. 不包括 40 岁和 50 岁

C. 包括 40 岁但不包括 50 岁　　　D. 包括 50 岁但不包括 40 岁

7. 模式查找 like' _ a%'，下面哪个结果是可能的？（　　）

A. aili　　　　B. bai　　　　C. bba　　　D. cca

8. 在 MS SQL Server 中，用来显示数据库信息的系统存储过程是（　　）。

A. sp _ dbhelp　　B. sp _ db　　C. sp _ help　　D. sp _ helpdb

9. SQL 语言中，删除记录的命令是（　　）。

A. DELETE　　B. DROP　　　C. CLEAR　　D. REMOVE

10. SQL 的视图是从（　　）中导出的。

A. 基本表　　　B. 视图　　　　C. 基本表或视图　　D. 数据库

二、判断题（每空 1 分，共 10 分）

1. "xingming"是 SQL 中的字符串常量。

2. "11. 9"是 SQL 中的实型常量。

3. 语句 select 22%4 的执行结果是：0 。

4. "2005.11.09" 是 SQL 中的日期型常量。

5. ￥2005.89 是 SQL 中的货币型常量。

6. 语句 select 15/2 的执行结果是：7.5。

7. 'AB'>'CD'比较运算的结果为真。

8. bigint 是 SQL 的数据类型。

9. 设置唯一约束的列可以为空。

10. 一个表可以创建多个主键。

三、填空题（每空 1 分，共 20 分）

1. 关系数据库关系运算_____、_____和_____。

2. SQL Server 2000 局部变量名字必须以_____开头，而全局变量名字必须以_____开头。

3. 语句 select ascii（'D'）的执行结果是：_____。

4. 语句 select upper（'beautiful'），ltrim（'我心中的太阳'）的执行结果是：_____和_____。

5. 表或视图的操作权限有_____、_____、_____、_____和 dri。

6. 选择运算是根据某些条件对关系做_____分割；投影是根据某些条件对关系做_____分割。

7. SQL Server 代理主要由_____、_____和警报来组成。

8. 数据完整性的类型有_____完整性、_____完整性、_____完整性和_____完整性。

四、简述题（每小题 5 分，共 10 分）

1. 有学生成绩表，要保证每个学生的每门课程被唯一标识，应使用什么数据完整性方法？

2. 使用视图有什么好处？

五、设计题（共 50 分）

现有如下关系数据库：

数据库名：教师数据库

教师表（编号 char（6），姓名，性别，民族，职称，身份证号）

课程表（课号 char（6），名称）

任课表（教师编号，课号，课时数）

实现下列功能的 SQL 语句代码：

1. 创建上述三表的建库、建表代码（10 分）。

要求使用：主键（教师表·编号，课程表·课号）、外键（任课表·教师编号，任课表·课号）、默认（民族）、非空（民族，姓名）、唯一（身份证号）、检查（性别、课时数（0～200））。

2. 写出将下列课程信息添加到课程表的代码。（6 分）

课号	课程名称
100001	SQL Server 数据库

       100002   数据结构

       100003   VB 程序设计

3. 写出创建［任课表视图］（教师编号，姓名，课号，课程名称，课时数）的代码。（4 分）

4. 利用上面视图，写出 SQL 代码检索：所有上"SQL Server 数据库"这门课程的老师姓名、课程名称和课时数。（4 分）

5. 写出创建［统计课时数］：输出最大课时数、最低课时数、平均课时数的存储过程以及执行代码。（6 分）

6. 写出创建：计算某教师代课总课时，并将值返回的存储过程以及执行代码。（6 分）

执行：计算"郭老师"的总课时。（6 分）

7. 检索有一门或一门以上课程课时数大于 90 的所有教师的信息，包括编号、姓名。（4 分）

8. 写出下面操作的代码。（4 分）

        修改课号为 100003 的课程名称：Visual Basic 程序设计

        删除课号为 100003 的课程信息

综合试卷 1　参考答案

一、选择题

1. D	2. C	3. A	4. C
5. A	6. A	7. B	8. D
9. A	10. C		

二、判断题

1. 错误	2. 错误	3. 错误	4. 错误
5. 错误	6. 错误	7. 错误	8. 正确
9. 正确	10. 错误		

三、填空题

1. 选择，投影，连接

2. @，@@

3. 68

4. BEAUTIFAL，我心中的太阳

5. select，insert，update，delete

6. 水平、垂直

7. 作业、操作员

8. 实体，域，参照，用户自定义

四、简述题

1. 将每个学生的学号和课程号定义为复合主键才能保证每个学生的每门课程唯一。

2. 要点：

(1) 使用户只看到关心的数据。

(2) 增强数据库的安全性。

(3) 屏蔽数据的复杂性。

(4) 简化数据库操作。

五、设计题

1.

```
create database [教师数据库]
use [教师数据库]
go
create table 教师表
([编号] char(6)primary key,
[姓名] nchar(4)not null,
[性别] nchar(1)check([性别] in ('男','女')),
[民族] nchar(8)default'汉族'not null,
[职称] nchar(12),
[身份证号] char(18)unique
)
create table 课程表
([课号] char(6)primary key,
[名称] char(40)not null
)
create table 任课表
([教师编号] char(6)references 学生表(学号),
[课号] char(6)references 课程表(课号),
[课时数] integer check([课时数] between 0 and 200)
)
```

2.

```
insert 课程表 values('100001','SQL Server 数据库')
insert 课程表 values('100002','数据结构')
insert 课程表 values('100003','VB 程序设计')
```

3.

```
create view [任课表视图] as
```

select 教师编号,姓名,课号,课程名称,课时数 from 教师表,任课表
where 教师表.编号 = 任课表.教师编号

4.

select 课程名称,课时数,教师姓名 from 任课表视图
where 课程名 = 'SQL Server 数据库'

5.

create procedure [统计课时数]
as
select 最大课时数 = max(课时),最小课时数 = min(课时),平均课时数 = avg(课时)
from 任课表
go
execute [统计课时]

6.

create procedure [统计课时]
@教师名 nchar(16),
as
begin
  declare @总课时 int
  select @总课时 = sum (课时)from 任课表视图
  where 姓名 = @教师名
end
go
execute [统计课时] '郭老师'

7.

select 编号,姓名 from 教师表
where 编号 in (select distinct 教师编号 from 任课表 where 课时数 >= 90)
8.
update 课程表 set 名称 = 'Visual Basic 程序设计'where 课号 = '100003'
delete 课程表 where 课号 = '100003'

《数据库技术与应用》综合试卷 2

一、选择题（每小题 1 分，共 10 分）

1. 下列四项中说法不正确的是（   ）。
   A. 数据库减少了数据冗余　　　　　　B. 数据库中的数据可以共享
   C. 数据库避免了一切数据的重复　　　D. 数据库具有较高的数据独立性

2. 公司中有多个部门和多名职员，每个职员只能属于一个部门，一个部门可以有多名职员，从部门到职员的联系类型是（   ）。
   A. 多对多　　　　　B. 一对一　　　　　C. 多对一　　　　　D. 一对多

3. SQL 语言中，条件年龄 BETWEEN 15 AND 35 表示年龄在 15～35，且（   ）。
   A. 包括 15 岁和 35 岁　　　　　　　　B. 不包括 15 岁和 35 岁
   C. 包括 15 岁但不包括 35 岁　　　　　D. 包括 35 岁但不包括 15 岁

4. 在 SQL Server 中，model 是（   ）。
   A. 数据库系统表　　B. 数据库模板　　C. 临时数据库　　　D. 示例数据库

5. 在视图上不能完成的操作是（   ）。
   A. 更新视图数据　　　　　　　　　　B. 查询
   C. 在视图上定义新的基本表　　　　　D. 在视图上定义新视图

6. 数据库的三要素，不包括（   ）。
   A. 完整性规则　　　B. 数据结构　　　C. 恢复　　　　　D. 数据操作

7. 一个规范化的关系至少应当满足（   ）的要求。
   A. 一范式　　　　　B. 二范式　　　　C. 三范式　　　　D. 四范式

8. 表达实体之间逻辑联系的 E-R 模型是数据库的（   ）。
   A. 概念模型　　　　B. 逻辑模型　　　C. 外部模型　　　D. 物理模型

9. 下列不是 SQL 数据库文件的后缀的是（   ）。
   A. .mdf　　　　　　B. .ldf　　　　　　C. .dbf　　　　　D. .ndf

10. 在 SQL 语言中，"授权"命令是（   ）
   A. GRANT　　　　　B. REVOKE　　　　C. OPTION　　　　D. PUBLIC

二、判断题（每空 1 分，共 10 分）

1. 数据库不允许存在数据冗余。

2. 每一个服务器必须属于一个服务器组。一个服务器组可以包含 0 个、一个或多个服务器。

3. 一个表可以创建多个主键。

4. 在 SQL Server 系统中，数据信息和日志信息不能放在同一个操作系统文件中。

5. 固定数据库角色：db_datareader 的成员有权修改本数据库内表中的数据。

6. 在使用子查询时，必须使用括号把子查询括起来，以便区分外查询和子查询。

7. 存储过程是存储在服务器上的一组预编译的 Transcat-SQL 语句。

8. 视图本身没有保存数据，而是保存一条查询语句。

9. 在表中创建一个标识列（IDENTITY），当用户向表中插入新的数据行时，系统会自动为该行标识列赋值。

10. 创建触发器的时候可以不是表的所有者或数据库的所有者。

三. 填空题（每空 1 分，共 30 分）

1. 从最终用户角度来看，数据库应用系统分为单用户结构、主从式结构、分布式结构、_____ 结构和 _____ 结构。

2. 完整性约束包括 _____ 完整性、_____ 完整性、_____ 完整性和用户定义完整性。_____ 完整性用于保证数据库中数据表的每一个特定实体的记录都是唯一的。

3. 创建、修改和删除表命令分别是 _____ table、_____ table 和 _____ table。

4. 用 SELECT 进行模糊查询时，可以使用 like 或 not like 匹配符，但要在条件值中使用 _____ 或 _____ 等通配符来配合查询，并且模糊查询只能针对 _____ 类型字段查询。

5. SQL Server 聚合函数有最大、最小、求和、平均和计数等，它们分别是 _____、_____、_____、avg 和 count。

6. SQL Server 中数据操作语句包括 _____、_____、_____ 和 select 语句。

7. 事务的 ACID 属性是指 _____ 性、_____ 性、_____ 性和 _____ 性。

8. 游标的操作步骤包括声明、_____、处理（提取、删除或修改）、_____ 和 _____ 游标。

9. SQL Server 代理主要由 _____、_____ 和警报来组成。

10. SQL Server 复制把服务器分为 _____ 服务器、_____ 服务器和 _____ 服务器三种。

四、简述题（每小题 5 分，共 10 分）

1. 什么是数据库备份？

2. 关系规范化的基本思想是什么？

五. 设计题（每小题 5 分，共 40 分）

有一个［学生课程］数据库，数据库中包括三个表：

学生表 Student 由学号（Sno）、姓名（Sname）、性别（Ssex）、年龄（Sage）、所在系（Sdept）五个属性组成，记为：Student（Sno，Sname，Ssex，Sage，Sdept），Sno 为关键字。

课程表 Course 由课程号（Cno）、课程名（Cname）、先修课号（Cpno）、学分（Ccredit）四个属性组成，记为：Course（Cno，Cname，Cpno，Ccredit），Cno 为关键字。

成绩表 SG 由学号（Sno）、课程号（Cno）、成绩（Grade）三个属性组成，记为：SG（Sno，Cno，Grade），（Sno，Cno）为关键字。

用 SQL 语言实现下列功能：

1. 建立学生表 Student，其中学号属性不能为空，并且其值是唯一的。

2. 向 Student 表增加"入学时间（Scome）"列，其数据类型为日期型。

3. 查询选修了 3 号课程的学生的学号及其成绩，查询结果按分数降序排列。

4. 查询学习 1 号课程的学生最高分数、平均成绩。

5. 查询与"李洋"在同一个系学习的学生。

6. 将计算机系全体学生的成绩置零。

7. 删除学号为 05019 的学生记录。

8. 删除计算机系所有学生的成绩记录。

综合试卷 2　参考答案

一、选择题

1. C	2. D	3. A	4. B
5. C	6. C	7. C	8. A
9. C	10. A		

二、判断题

1. 错误	2. 正确	3. 错误	4. 正确
5. 正确	6. 正确	7. 正确	8. 正确
9. 正确	10. 错误		

三、填空题

1. 客户服务器、浏览器服务器

2. 实体、域、参照、实体

3. create、alter、drop

4. ％、_、字符

5. max、min、sum

6. insert、update、delete

7. 原子、一致、独立、持久

8. 打开、关闭、释放

9. 作业、操作员

10. 发布、分发、订阅

四、简述题

1. 数据库备份是指将当前的数据库系统、数据文件或日志文件复制到一个专门的备份服务器、活动磁盘或者其他能长期存储数据的介质上，作为副本。数据库备份记录了在进行备份这一操作时数据库中所有数据的状态。一旦数据库因意外而遭损坏，这些备份文件可用来恢复数据库。

2. 所谓关系的规范化，是指一个低一级范式的关系模式，通过投影运算，转化为更高级别范式的关系模式的集合的过程。我们把满足不同程度要求的关系称为不同的范式。

关系规范化的基本思想是：逐步消除数据依赖中不合适的部分，使关系模式达到一定程度的分离，即"一事一地"的模式设计原则，使概念单一化，即让一个关系描述一个概念、一个实体或者实体间的一种关系。

五、设计题

1.

```
CREATE TABLE Student
(Sno CHAR(5)NOT NULL UNIQUE,
Sname CHAR(20),
Ssex CHAR(2),
Sage INT,
Sdept CHAR(15))
```

2.

```
ALTER TABLE Student ADD Scome DATETIME
```

3.

```
SELECT Sno, Grade
FROM SG
WHERE Cno = '3'
ORDER BY Grade DESC
```

4.

```
SELECT MAX(Grade), AVG(Grade)
FROM SC
WHERE Cno = '1'
```

5.

```
SELECT Sno, Sname, Sdept
FROM Student
WHERE Sdept IN
    (SELECT Sdept FROM Student
     WHERE Sname = '李洋')
```

6.

```
UPDATE SG
SET Grade = 0
WHERE Sno in
    (SELECT Sno FROM Student
        WHERE Sdept = '计算机系')
```

7.

```
DELETE FROM Student
WHERE Sno = '05019'
```

8.

```
DELETE FROM SG
WHERE Sno in
    (SELECT Sno FROM Student
        WHERE Sdept = '计算机系')
```

大学计算机基础与应用系列立体化教材书目

大学计算机应用基础	（中国人民大学尤晓东等编著）
Internet 应用教程	（中国人民大学尤晓东编著）
多媒体技术与应用	（中国人民大学肖林等编著）
网站设计与开发	（中国人民大学王蓉等编著）
数据库技术与应用	（中国人民大学杨小平等主编）
管理信息系统	（中国人民大学杨小平主编）
Excel 在经济管理中的应用	（中央财经大学唐小毅等编著）
统计数据分析基础教程 ——基于 SPSS 和 Excel 的调查数据分析	（中国人民大学叶向编著）
信息检索与应用(面向经管类)	（东华大学刘峰涛编著）
C 程序设计教程(面向纯文科类)	（清华大学黄维通编著）
C 程序设计教程(面向经管类)	（河北大学李俊主编）
电子商务基础与应用(面向经管类)	（天津财经大学卢志刚主编）

配套用书书目

大学计算机应用基础习题与实验指导	（中国人民大学尤晓东等编著）
Internet 应用教程习题与实验指导	（中国人民大学尤晓东编著）
多媒体技术与应用习题与实验指导	（中国人民大学肖林等编著）
网站设计与开发习题与实验指导	（中国人民大学王蓉等编著）
数据库技术与应用习题与实验指导	（中国人民大学战疆等编著）
管理信息系统习题与实验指导	（中国人民大学杨小平等编著）
Excel 在经济管理中的应用习题与实验指导	（中央财经大学唐小毅等编著）
统计数据分析基础教程习题与实验指导	（中国人民大学叶向编著）
C 程序设计教程(面向纯文科类)习题与实验指导	（清华大学黄维通编著）
C 程序设计教程(面向经管类)习题与实验指导	（华北电力大学于会萍主编）
电子商务基础与应用(面向经管类)习题与实验指导	（天津财经大学卢志刚主编）

图书在版编目（CIP）数据

数据库技术与应用习题与实验指导/杨小平等编著. —北京：中国人民大学出版社，2011.9
大学计算机基础与应用系列立体化教材
ISBN 978-7-300-14424-5

Ⅰ.①数… Ⅱ.①杨… Ⅲ.①数据库系统-高等学校-教学参考资料 Ⅳ.①TP311.13

中国版本图书馆 CIP 数据核字（2011）第 190982 号

大学计算机基础与应用系列立体化教材
数据库技术与应用习题与实验指导
主　编　杨小平　尤晓东
编著者　战　疆　李亚平　胡　鹤
Shujuku Jishu yu Yingyong Xiti yu Shiyan Zhidao

出版发行	中国人民大学出版社		
社　　址	北京中关村大街 31 号	**邮政编码**	100080
电　　话	010－62511242（总编室）		010－62511398（质管部）
	010－82501766（邮购部）		010－62514148（门市部）
	010－62515195（发行公司）		010－62515275（盗版举报）
网　　址	http://www.crup.com.cn		
	http://www.ttrnet.com（人大教研网）		
经　　销	新华书店		
印　　刷	北京东方圣雅印刷有限公司		
规　　格	185 mm×260 mm　16 开本	**版　次**	2011 年 10 月第 1 版
印　　张	8.75 插页 1	**印　次**	2011 年 10 月第 1 次印刷
字　　数	182 000	**定　价**	18.00 元